清水榮一詩集

Shimizu Eiichi

新・日本現代詩文庫

144

土曜美術社出版販売

新・日本現代詩文庫　144　清水榮一詩集　目次

詩篇

詩篇

第一詩集『きしみ』（一九九六年）抄

第一部

きしみ

独房の壁を通して　聞こえてくるような
またふいに　鋭い刃物の先で　突き刺されでもしたような
暗い胸郭の内部の　肋骨のきしみ、

早逝……

蟬声

とある　仄暗いこのよの縁から
時に読経のように　降るのは蟬声

一滴一滴　骨身に沁み込む
深い呻きにも似た　侘しいその声……

――見廻せば　無気味な洞穴と化した　松林のなか
一人戦く　笹の葉みたいにつっ立っていると

太い毛脛のような　樹幹の辺り
ふいに死神《ししん》のように　何かが揺れて

石塀

遠く　このよの果てに置かれたように
人っ子一人　その影を見せない工場の裏側
深々と埃をかぶった　草叢にそい
眼に焼きつく　白い石塀が始まっている
それぞれが　なぜかひどく孤独で
　悲しげに項垂れている　樹々の骸軀《からだ》を
寄り添うように支えている　可憐しい石塀――
塀は　まだなに一つ知らない少年のように
　黙って立っている
自らが何であるかも知らない　無垢な少年

鉄路の花

どこまでも深くそのなかに没して
（とばかり言い切れぬかも知れぬが…）
ある時まだ見たこともない可憐な花が
微風と戯れている

　冷たく光る鉄路のもとの
　堆い砕石のやまのなかから
故知れず姿を見せた
　艶やかな花……

が　その花の動きは異体そのもの
丁度素気無く渡る爽やかな大気との触れ合いを
　楽しんでいるかのように
頷き揺れている

――あゝ　然し何故この暗い
　固く口を閉ざした石塊のしたから
開闊なこのよの気質に魅せられ
　微笑み立っている健やかな花が

いや　あれは
（恐らくかつて…）
ここで生命を落とした少女の心！
　染み込んだ血!!

白壁に

羽撃くような壁の白さが
どす黒い繁みのなかで笑っています
――どうだ　この深い

　気品溢れる古の美は
と言わんばかりに

だが　一寸お待ち下さい
　自惚れはやめて下さい!!

あゝ　かつてかの
　このよに棲み処を持たない悲しい人々
飢えと汚辱に塗れてさ迷い歩く
憐れな精神異常者でも遇するように持ち出してき
た
腐った床いも……

その太い
苛めく縄尻みたいに尖った繊維で辛くも育った歪
　な僕らは
あの悍しい皇の瞥見にも似た夏の陽光の君臨のも

と
涼しく光る土塀の姿を
暗い何とも表現し難い悲しい気持ちで
見詰めんとしているのです
すでにこの僕自体忘れかけている苦難の時代
僕らの生命であった無数の品が
みなあの奥へ吸い込まれていったせいです

荒天の海

雨の日、
海は一つの
悲しい胡桃だ。

固く口を閉した殻の内部で、
只管堪えるほかない
己が境涯、――

故知れぬ、
天の荒肆《すさみ》を
嚙み締めていた。

濃霧

なにを企図しているのか
冷たい濃霧《きり》よ

暗い無慈悲な
意志を隠したマントの襞で
このよを被い

煌く長靴の底で
呻きを抑えて

朝陽

なぜか寂として
　その戦いの痕跡一つ残さず
さっぱりと埃を落とした　早朝《あさ》の陽光《ひかり》が
庭先にきて佇んでいる

しっとりと　露を纏って跪いている
　植え込みの繁みのうえで
恰もそれは　このよの主のように辺りを抑え
微笑んでいる

見れば　優しく光る眼孔の奥
截然と時代を劃した者の　威厳を湛えて

鮮魚

あるか無きかの　艶やかな容器のうえに
清徹な碧空の姿を　眼に映して
鮮魚は　死んでいた

——仄暗い　海水のなか
　獰猛極まる
　　奔流の壁を　破って

突然　思いも寄らぬ　このよの陥穽……
空しく口を開いた　大気のなかへ
転落して　きたかの如くに

第二部

店頭にて

誰が手になる　素朴な茶碗
きれいなお店に　置かれてござる
口許《くち》を引きしめ　坐ってござる

無邪気に夢を見ていた　素焼きの時代……
一途な心を憐れむように　優しく光る
あの爽やかな　眼を思って

春景

やまがあった
辺りを睥睨している
小高い丘が

ある時丘は
胴丸　烏帽子を着けた
その凛然たる容姿の陰で

茫漠たる感じの深い
辺鄙なこの地の春の景色を
愉しんでいた

そそりたつ逞しい肩部の辺り
誰を思うか

婉然たる桜花を挿して

病床にて

余りにも幼稚な　いや狭隘で独善的な
　己の思想に　気付いたためか
ある時　伏していた僕は夢で死んでいた
——無惨に　この世と隔絶された柩のなかで
我が身に依拠する　愛おしき者らの
　嗚咽を　聞いていた
顧みることすらなかった　狂妄な男の
　溢れる悔悟を呑みほす　冥界の闇
侘しく光る　節穴見詰めて

歓喜

巨管転がる　狭い置場に
あたり抑えて　踊るは陽炎
空しく塵に埋もれた　草叢のなかから
何かに目覚め　舞いでた如くに

深山にて

思い做し　離反の動きを見せて
白樺の幹
おぞましき　妬み逆巻く
深い山の紅葉の　詰りのなかで

晩夏

人影疎らな　夏の海辺は
太古の宮殿

色褪せし　漆喰の天空《そら》は
烈風《かぜ》に磨かれ

砕け散る　波浪の床には
入日の哄笑

悲しい視線

ぼくが眼を閉じると
きみは透き通った瞳で
ぼくを見詰める
（あ、　腑甲斐ない
ぼくの向うのぼくを見ている
可愛しい瞳孔《ひとみ》……）

が、ふと眼を開くと
仮借ない生活の重みに　一途な心を失くした
憐れなきみが坐っている

侮蔑を含んだ悲しい視線を
詰りの陰に隠して
きみは遠ざかる

偶感

まるで　このよの外でのように
　雨が降らない
深々と埃をかぶった　雑木林《はやし》のなかを
　歩いていると
項垂れた樹々の　瞥見ばかりが
　心に刺さり
——疎まれている　という悲しい思いが
　身内に溢れる

思えば　総てが花であるべき子供の頃を
　飢えて過ごし
いまだ　廻る世界の果てを
　さ迷うせいか……

転落

一瞬大きくバウンドして
その身は汚れた襤褸の塊みたいに
ばたばたと巻き込まれていった
——後には、悲鳴も呻きも
　残されていない
ただ、この恐るべき事態の変化を
　未だ認識できずにいるかのような
　　肉塊と臓物だけが
点々と
あゝ　点々と

傍には、何事もなかったように
遠くを見ている　悍しき草叢
吹き抜ける
気流《かぜ》……

第三部

早朝の工事場にて

まだ覚めぬ縹色の天空を突き抜け
起重機が立っている
黒くて太いその腕の先から
いま真っ直ぐに垂れているのは鋭い鋼索

貪欲な資本家どもの
神経にも似た数条の影……
だが　それはいまなにを企んでいるのか
びくとも動かぬ

残忍なフックの先で
地底の深い機軸の端を弄ろうとしている
あゝ　なにかを覆い隠さんとするかのように
立ち塞がっている塀の内側
密議でも交わされているのか
無気味な静寂
凄惨な明けの空には

無気力な月

駅の階段

つとその頬の辺りを動かしただけで無造作に
このよを呑み込む階段がある

不機嫌に朝を迎えた頑なな駅舎　ホームの端で
ひとり気怠く口を開けている律儀な階段、──

だがその暗い　人知れぬ懊悩に満ちた孔穴のなか
から
飛びだしてくるものは今何一つない
あるのは、然したる感慨もなく駆け降りていく影、
影々、影

そして憐れな無数の陰影ばかり……
あゝ　たった今、冷たい都会の口唇みたいな階段
のなかへ
また黒い数多の人影が呑み込まれていった

一瞬　静まり返ったホームの遥か彼方に
誰のものとも知れない巨大なビルが
朝陽に輝いていた

出稼ぎ

疲れ切って　男がぶっ坐り込んでいる
甲高い唸りをあげて回転している　都会の裏側
心無い　時間の手垢に汚れた駅構内の電車の隅に
そ奴は恰も　逃れてきた虜囚のようにその軀《み》を

落とし
仮眠を摂っている
——洗い曝した　野良着のような
それでも丁寧に継ぎ当てられている　木綿の作
業着
その粗い　無口な粘土を随所に付けたズボンの
うえに
食みでた失意のような　両手を投げだし
頸を垂れている
見ればあの悍しい　貧窮の餌食となった脳髄みた
いに
皺に埋没している厳つい面貌
その張りも光沢《ひかり》も　とんと見えない皮膚の奥から
このよの仕組みに対する　露わな憤怒《いかり》
無数の　太い鬚髯《ひげ》を生やして……

雲雀

処々羸弱な蒲公英の花が咲いている
空しく崩れた田圃の畦を歩いていると
何処かそのまるで見ることのできない天空の奥処
で
雲雀が鳴いている
重っ苦しくこのよを包む
白濁の大気のなかで
僕らに見えない不吉な陰影《かげ》を
見詰めてでもいるかのように　激しく
鳴いている
あゝ　恐らく何か
得体の知れないものに怯える子供のように

可憐なその軀《み》を咽喉と化し
震える翼の先で虚空を叩いて

五月の空

天には
　鉄拳《こぶし》を握った
疾霆の雲

地には
　　黙ってそれを見ている
　　　頑なな麦穂《むぎ》、――

いま　その相容れぬ
　両者の確執の前には
薫風もなく

微かに一筋　愚劣な意気地《いきじ》の
　犠牲となった
　　雲雀の血が滴っている

つつじ（花精）

――もうこれ以上　私は駄目だ
そう慎ましい　目許に言わせて
　つつじは　咲いていた

その花片の開き具合が
　余りにも　鮮烈なためか
　　何時もだったら……
何処かしら浮薄に映る

その花の肺懐のことなど
　考えてみたこともない　空ろな僕も

思い倣し　傷痕《いたみ》の見える
　密やかに開いた　地軸の咽喉、――
　　只管　天界の響きに
耳傾けている　花蕊部の奥から

形振りかまわず咲きたっている　花弁の姿を
　一瞬　凝然と見詰め
　　佇んでいた

総てを　無慈悲な
　初夏《なつ》の日差しに託せ　生きている
　　花の強さに　魅せられていた

蘇鉄

雑叢繁る
断崖《がけ》の頂き

気鬱に苦しむ大地の眼と化して
蘇鉄が揺れている

己を囲む
総ての事象の

如何なる動きも見逃すまいと
激しく揺れている

開闊にこのよを渡る
爽やかな風

そ奴を羨むように
狂おしく揺れている

疎林にて

耳を澄まそう

ほら　あの禿た
見るも無惨な　林の奥から
凱歌《うた》が聞こえる

何処か　その
　ひとに言えない深い処で
早春《はる》を感じた　凍て付く小枝
裂かれた幹らの

胸奥のざわめき……
耳を澄ませよ

こどもが……

――応援歌

こどもが　坐っている
　銀座の　ど真ん中
乳飲み子を抱えた　寡婦《おんな》と二人
　哀しくも　決然と面をあげて

こどもが　坐っている
　繁栄の　深い谷間
聳り立つ驕傲なビルの　刺すような眼光にも怯え
　んものと

幼気な　小膝をそろえ
こどもが　坐っている
雑踏の　舞いくる塵なか
罪もなくさざめき歩む　飢え知らぬ者らの足下
　健気にも　唇かんで

子供の泣き声

子供らの
　泣き叫ぶ声は　悲しい
それは　飢えに苦しむ　幼い孤児らの
　臍を洩れくる　怨言であるから
いや　子供らの
　泣き叫ぶ声は　楽しい
それは　〝貧窮〟の辛酸《いたみ》を忘れた男の　迷妄を砕く
　無垢な生命の　迸りであるから

願望

我が詩《うた》に
　内なる心
うちなる声を
詩はふと洩れし
　血肉の叫び
骨の呻吟……
あゝ　我が詩《うた》に

滴る余韻を
余生《いのち》狂わす非望の言葉

第二詩集『凡俗の歌』（二〇〇一年）抄

第一部

海

窓の向うに
海があった
海は、人に見えないこのよの邪鬼《あく》を
（雲間にちらつくその肉塊を……）
嚙み砕こうと牙を剝いていた

夜景

——通勤電車

寡黙な橋架を　電車が通る
健気な灯火《あかり》を　窓から洩らして
凍て付く夜空を　響きが横切る
只管堪《こた》える奴僕の心を　優しく包んで

無題

給料、——

僕らの忍苦に対する
主《あるじ》の嘲り……

砕石

線路を支える　砕石の一つひとつは
何故か無口で　なぜか寂し気
丁度　暗いこの世に犇めく
顧みられぬ老爺　残滓のように

向日葵

大小様々だが
皆、同じ顔をして
こっちを見ている。

辛苦を厭わぬ眉間の辺りに

長い夏の疲れが
滲み出ている。

額に

ガラスに映った
意外に静かで　いや謙黙で
矜持に満ちた　前額部をみる

風化した　幾つもの
足掻きの痕跡《あと》が
鉱脈のように　煌めいていた

初夏

悶える大地の、
纏綿を振り切るように
ポプラはたっていた。

風はらむ、
闊達な天空《そら》に――

第二部

街頭にて

僕が吼えても

このよは動かぬ
僕がおどけてみせても
　誰も足を停めない

いや　もしも僕が涙をみせたら
　誰かが笑うか
たとえ僕が首を吊っても
　このよは平静、――

相も　変らぬ
　あいも　かわらぬ
角逐の音響《おと》……

偶感

随分と紙幣《かね》を喰っている
建物のなか――
まるでそこらの塵芥の山のなかから
拾ってきたかのような　安易な着想《アイデア》
未熟な心の襞をひろげてみせた
「芸術《もの》」でいっぱい……

――明るい画布の一部に鉄板を貼り
それを鋭い鋼のブラシで擦ってみたり
将叉うごめく臓器のような奇怪な紋様
　そいつを飢えた野獣《けもの》の血汁の色で
　　塗りたくってみたり……

あゝ　然し
これでこれらの作者はこの瞬間を生き

寡黙な己の心の底を
　のぞきみた心算か

総てを土足で踏み込むような意匠で誤魔化し
張りあい揉みあい　蹴落としあっている星斗のな
　かで

何時しか素朴な
慎みの精神《こころ》を失くした者らの　悲しき饗宴、——

戦争が
忍び寄っている

（ある抽象画の展覧会場にて）

廃墟の抱擁

深い虚脱感に打ちのめされた焼け跡のなか
いや逞しい人間どもの生命力を思わせる　屋台の
　陰で
何を確かめ合っているのか
見知らぬ男女が抱き合っていた

男は白いエプロン姿の女の腰に軽く手をあて
女は長い項をみせた相手の頸に
その太い露わな腕を巻き付けていた

総てが燃え尽き　崩壊し去った廃墟のなかで
二人は生きる気力をなくした周囲のものらと
　無縁であるかのように　激しく抱き合い
言い知れぬ　彼らの時間の底に

没入していた

その強い　まるで総ての思潮　然う
《観念形態》と離れて生きる
凡俗な自分らの生活のこと以外眼中にないかのよ
　うな　若い二人の
諦観　いや達観にも似た人生観は
何処からきたのか

幾分暗いが頼もしそうな
　若い男の派手な身形と
妖しく零れた女の赤い袂だけでは
確と分からぬ

が　ただ只管に
今ある己の力に頼って生きようとする
　若い二人の　胸のうちには

既にあの忌まわしい　戦火の傷跡なんか
　残されていない

そして　彼らはさ迷い歩く
無数の空ろな瞳孔など意に介そうとせず
——暗い夜空に煌く　星斗のように
何時までも　いつまでも
抱き合っているのであった

プラットホームにて

貴女が僕の家を出てから
（昨夜来の長い会議が終了してから…）
まだ何時間も経っていない
僕は南へ行こうというのに貴女は反対側の
鋭く尖ったプラットホームを

闊歩している

（あゝ　既に人生も半ばを過ぎて
悲しく淀んだ血汁のなかに
　俯きたっているこの僕の心の底には
払拭し難い疲労感とともに
多分に投げやり的な
　逃避の気持ちが
　　居座っているというのに……）

人混みを掻きわけ進む
　若い貴女の煌く頬には
寡黙で忍耐強い臓器の陰影、――その活発な活躍
　振りを髣髴させる
紅の姿がくっきりと浮かび
陰険な冬の朝の凍てつく日差しを
平然と撥ね退けている

いや　貴女はたったいまその温かい
朝餉の湯気の渦のなかから抜けでてきたかのよう
　に　遠くを視詰め
激しく撓む今朝《こんちょう》の
重い決議が入った鞄を小脇に仟地に赴く
辛抱強く電車を待っている群衆のなか、――
颯爽と歩みを進める貴女の後には
　棚引く白い吐息とともに
横放な大気を引き裂く　あの葱臭い
味噌汁の芳香でも漂っているかのようだ

突風

風が　吹いている

見れば　若い貧しい清節な　女性《にょしょう》の身体を
　凌辱するかのように
赤い埃を纏った　無気味な風が
林を襲う

林は（緑滴る雑木林は…）　粗暴な風に
　嫌悪を催し　激しく揺れる
毛深い腕に　組み伏せられまいと
必死に争う

その　刃向かう姿、――肌も露わな
　血塗れた姿に　神聖を見る
総てを投げ出し　抗する者の
　気高い精神《こころ》

風が　吹いている

（ベトナム戦争を想起し作ら）

第三部

(1)

通院

透き通った　男の身体は
心無い　細菌の巣窟だった
噎せ返る深緑《みどり》の中を　その驕りに満ちた
　陰蔚のなかを
恨めし気に　蹣跚めき通った

問い

こどもの頃
ぼくの心を　不当に占拠していた
深い憂戚《かなしみ》

あれは一体　どこへいったのだろう

いつも　ぼくの心に鋭く食い込み
快活な学友たちとの
触れ合いから　遠ざけていたもの

あれは一体　誰の性癖、――投擲物だったのだ
ろう

あゝ　こどもの頃
ぼくの心を執拗に支配していた　隔絶された世界
汚濁なき世界への　憧れ

あれは一体　いつどこへ遁逃してしまったのだろ
う

誘惑

船がすすむ
波が　できる

めくれ立つ　碧い波のなかから
しろい手をのべ　誰かが招く

怖くないよ　と

優しく誘う
あゝ　あの深い　分け隔てなき世界の
妖艶な精よ
船舷にたつ
孤独な　わたしは
いつしか水に馴染めぬ　悲しい臓器
肺腑を蔵した　己を忘れて

夕照《せきしょう》

遠い山と山の向うに
夕日が落ちる

真赤に熟れたトマトのような
醜い夕日
噫　あのなかに
いま裂けんばかりに詰まっているのは
誰の悲しみ
かつて　かの
背負えぬ荷物を背負って立った
僕の悲しみ
寂々たる　山と山の向うに
消えゆく夕照
見送る僕の胸奥《こころ》に
号哭を残して

(2)

裂罅《さけめ》

深夜不穏な空気で
眼をあけた
ぎらつく裸の電球が
大きく揺らぎ
買って貰ったばかりの玩具の鉄兜《かぶと》が
敢え無く潰れた
異母姉《あね》のかた持つ父の怒号が
辺りを揺すり
後妻の母が顔面《かお》を覆った
僕ら子供の知らない所で
口を開けていた

我が家の裂罅
（いや　その底知れぬ
　深い孔穴……）
僕は思わず
神仏《かみ》に縋った

ある寡婦の復活

朝起きたら飯がなかった
ひび割れたコンロのうえには
　冷たく視線を逸らした
虚ろな釜がのせられていた

漸く歩き始めた末の娘を
　里子にだすよう勧める周囲の者らに
烈しく頭をふって応えた勝気な母が

思案に余って見せてしまった素顔の現実……
一睡もせず膝り続けていたという
　内職の腕を休めて彼女はいった
——噫、もうこれ以上!!

女の強さ弱さをまる出しにしたその声のなかには
狂暴な生活の重みに堪えかね突っ伏した者の
辺りにくい込む悲痛な響きが籠められていた

そして　彼女は一言、
——お前達さえいなければ
　いっその事　皆して……と
暗い洞穴みたいな、無気味な意志を隠した鼻孔の
　奥から　僕らにいうと
これまで見せることのなかった大粒の涙で
　己を洗った

食うこと、唯食わせることで　傷つき痛んだ
憐れな己の心を激しく洗った

が、それから程なく
（いや、実際にはどれ程長い沈黙が
　狭いわが家の殺伐たる空間を占拠したことだ
　　ろう……）

突然思い直したように
分厚い軍手の束を膝から降ろすと
彼女は幾重にも継ぎ当てられた醜い前掛け
そいつの端で何かを隠して
垣を潜った

然う、既に何回となく僕らが潜って
　無惨に裾の破れた檜葉の生垣……

やがて、冷たく静まり返った大気の奥から

怯えた僕らの心を和ますような声が聞こえた
絡みつく自棄と離脱、自裁の思いを脱ぎ棄て
頼み込んでいる　女の声が

土産

嘘のように　空は晴れていた
その碧い　清徹な肉体のどこかで
呻吟するように毎日鳴っていた
あの恐ろしい　警報も絶えて久しい

そして　飢え凌ぐ芋一つなく
高遠な天の恵みのような　日差しのなかで
　母を待っていた　憐れな僕らは
なかば歓喜し　半ば戦く悲惨な目つきで
土産を見ていた

長らく家をでていた　一人の少女
夢と虚妄にかどわかされた　僕らの異母姉《あね》が
突然持ってかえった　見慣れぬ食物
その白い　まるでこのよの物と思えぬ
　ふくよかなパンの姿を
黙って見ていた

そこに
（その感嘆すべき　物体の内部に…）
僕らの血筋を穢す
生業《なりわい》の痕跡《あと》でも　隠されて
　いるかのように

兄弟喧嘩

その時なにがあったか
覚えていない
ただ、狭いわが家の廊下の隅に
崩れた泥壁を背にして
お前は立っていた
その大きく開いた瞳孔《ひとみ》の奥で
激しく燃えていた火焔の光沢《いろ》は
驕れる兄の規制、――暴挙に対する
　無言の抗議
逃げ場を断たれた者の
切ない哀願

――その時、なにがあったか
　覚えていない
覚えているのは
右手の重み
愚劣さ、軽佻さに気付いた鉄拳《こぶし》の
さ迷う姿……

リンチ

悲しくも切ない毎日だった
登校しても授業らしい授業はほとんどなく
重たい粘土との格闘を強いられた防空壕掘りや
かつての公園での田畑の手入れ
堆肥の積みかえなどが日課であった

主食の米、麦、芋等の配給はめったになく
半ば飢餓状態にある僕らにとって

（とりわけ腺病質な私にとって…）
炎天下での松根運びは骨身にこたえた
――こんなにしてまで勝たなくても……
と、内心ひそかに僕らは思った

そんなある日、級友の一人が言ってはならないことを　口走った
――独逸《ドイツ》が敗けた、
日本も独逸みたいに……
早速誰かが注進に及んだ
次期教頭を意識している担任の教師は
――そんな売国奴《やつ》は、叩きのめしてしまえ！
といって教員室へ消えていった
それから、事ある毎にびんたに見舞われ扱かれていた学童たちの
半ば公然たる集団リンチが開始された

まず机や椅子が隅にかたされ
（いや、その迅速だったこと……）
冷たく視線を逸らした教室の床に
かれは足蹴にされて押し倒された
そして起きあがろうとするかれの頭部に
無数の竹刀が振りおろされた

最初に竹刀を振りおろしたのは
級《クラス》一暴れん坊のK君だったように私は思う
そ奴の指図で竹刀はそのあと次から次へと振りおろされたが
それは、日々扱かれ痛めつけられている憐れな〝赤子《せきし》〟の
悲しくも痛ましい報復の儀式、――腹癒せのように僕には思えた

いや少なくとも竹刀を使った僕の心の中には

一瞬なんともいえない不思議な快感がはしり
（この快感が、もう一人の自分を意識した
　初めての経験だったかも知れない…）
これまで全く味わったことのない悍しい優越感
が
頭を持ち上げていたのは事実である
そして、一人では到底できないことを
集団の陰にかくれて行っていることからくる後
ろめたさについても
〝こ奴を叩くことによって、日本は敗けないで
済む……〟
という勝手な論理で、打ち消していたことも事
実である
その後、かれがどのようにして自分の家へ帰った
のか
覚えていない

只、爾来僕らの周辺からかれの姿が全く見えなく
なったのが
気懸かりといえば気懸かりだった
――それからほどなく
（いや、実際には数ヶ月以上後のことだったかも
知れない……）
僕らは炎熱の校庭にかき集められ
天の隅から洩れくるような天皇の言葉をきいた
やがて（あゝ、やがて…）件の教師から
旧敵国語の文字であるローマ字を習い始めた僕ら
の前に　姿を見せた父無し子のかれは
だぶだぶのＧＩの作業服をその軀《み》に纏い
整然と片付けられた焼け跡の夕照のなかを
家路へと急いでいた

そのどこか詰まらなそうなかれの相貌のなかに
かつての事件の傷跡《あと》が残されていないかどうか
一瞬横目で垣間みようとしている　卑劣な僕を
僕は観ていた

第三詩集『述懐』（二〇〇九年）抄

第一部

翅翼

黄昏迫る団地の公園
穏やかな時の制止を無視して走り回っている
　子供らの傍らに

解体の興味の犠牲となった
　蟬の翅翼が
寂然と落ちていた

少女に

あなたは生物
可憐で爽やか

真紅い消化器官の突端が
（そのあどけない入口が……）
強奪したくなるほど
滑らかです

いや　険もなく
　媚もなく
山峰《やま》の大気のように
清らかです

あなたは生物
可憐で健やか

憂い

やけに凍て付く
真冬の大気

その中で
名もない小さな蕾が
かんがえている

いまにも雪か霙が落ちてきそうな
暗い空に向かって
かんがえている

――咲こうか咲くまいか

かんがえている
固いその軀《み》を
一途な憂虞で引き締め
かんがえている

夏雲

——ベランダにて

黒いのもある
諸肌脱いだ
真っ白いのも……

凄んでいる奴
あゝ　喜々として
はしゃいでいる餓鬼

夏は　素朴で血気盛んな
（祭礼好きな……）
雲の精気の
発散の時期!!

薔薇一輪

物憂い春の空気に
（その張りも誇りも失くした
懶惰な粒子の寄り合いに……）
決然と食い込み
微笑んでいた

第二部

死の影

死は俺の友達……
死は俺の生まれる前から
　俺の恋人
姿形も分からぬ水子のうちから
　俺の伴侶だ

死は　やせて醜い俺のなかから
　俺を見ている
変転極まりないこの世の隅で
七転八倒している無様な俺を
微笑み見ている

――おべっか一つ言えない
　不器用な俺が
仕事に疲れて血反吐を吐くのを
黙って待っている

死は　俺の後見
　俺の出資者
冷たくなった俺の骸軀《からだ》に　瞥見の
　切れを被せて
お前は出て行く

餞*

押し殺された嗚咽のなか
無情に響く金石の音

トン　トン　トン
　トン　トン　トン

あれは偶さか　同じ時空を生きていた者の
　悲しい旅立ち
後に遺った者らの餞の所作

トン　トン　トン
　トン　トン　トォーン……

＊ 出棺の際の釘打ちの儀式。

骸

——病院にて

科学が発達した
死者が蘇った

然し　ありったけの器材
ありったけの薬石の偉力をもって
この世に繋留されている件の骸も
——もう一度何とかしたい
　という家族らの願いに反して
日々に醜く　日々におぞましく
涸渇化しつつあるのであった

そして依然帰らぬ意識のもとで　骸は
　羞恥に塗れた肉塊の呻き

安らぎを求める悲しい体膚の
怨言を無視した医師の心を　告発する
　かのように
怠惰を知らない鞴の傀儡《くぐつ》
憐れな風琴と化して
転がっていた

プラットホームにて

そこにどんな事情があるのか
　知る由もなかった
ただ怖いもの見たさに覗き込んでいる
　群れの背後に
きちんと揃えて脱ぎ捨てられている
　草履の姿が
妙に淋しく　妙に刺々しく
　眼に映った
それは恰も僕らのまえに
黙って置かれた〝書置き〟のように
冷たく光って僕らを拒否した

あゝ　僕らと同じ拉げた空間
軀殻を貫く時間のなかで生活しながら
ついに触れ合うこともなかった
　一つの生よ
あなたは見知らぬ僕らに
何かをぶつけるようにその身を処理した
どこの誰とも分からぬ
　悲しい生よ！
あなたが僕らに遺したものこそ
　おぞましき教訓

　罷り間違えば
僕らも嘗めねばならぬ　人の世の悲哀
　擯斥……

眼鏡

強風《かぜ》によろめく武蔵野線の
高いホームのうえから
景色をみている
俯き萎れた無数の民家の屋根の向うに
一際大きく聳える孤独なマンション
友の最期を看取った無口な病院
それから情緒を解さぬ雑多な建物
そしてそれらを睥睨するかのように
無気味に宙を横切る高速道路
それら総てが何時もと同じでいつもと違う

長いベルトコンベアの腕を無言で突きだす
　生コン会社の屋舎の向うに
乙に澄まして屹立している　テレビの中継塔も
　今日は寡黙だ
皆どこか冷たく
　どこかよそよそしい姿で虚空を見ている
――僕が何か悪いことでも？
と　無愛想極まりない眼前の景色に問いかけよ
　うとしたとき
僕は薄い微細な亀裂の入った頭骨　鼻準の辺りに
ある種の寂しさ　ある種の物足りなさが
　張りついているのに
　　初めて気が付く
――そうだ　眼鏡を忘れてきたのだ!!
いつも勤めに行くとき掛けている遠視の眼鏡
そいつを出掛けの妻の言葉に心を奪われ
　忘れてきたのだ

しかし　高が眼鏡ぐらいで
外部の世界がこんなにも違って見えるものなのだ
　ろうか
そんなことを考えながら
僕は何時しか僕ら人間どもの悲しい性に
　思いを廻らしていた
僕らは皆　何らかの意味で
眼鏡を掛けて外界をみている
（感情や論理の文でできている分厚い眼鏡……）
だとすると　所詮僕らが見ているこの世の姿は
　単なる　歪み、――
〃虚像〃に過ぎないのではないだろうかと

自転車置き場にて

なにが気に入らないのか
いつもは〃整然〃と乗り捨てられている
住人たちの自転車のむれが
今朝は見るかげもなく打ち棄てられ
なぎ倒されている
それはあたかも一台一台小脇にかかえて
放り投げられたように
あるいは重なり　あるいは擦れ落ち
あるいはか細い前輪を虚空にむけて絡み合ってい
た
なかには途轍もない方向に投げ捨てられて
ぽつねんと辺りを見廻しているものさえあった
あゝ　しかし　一体どこの何奴が
このような卑劣な行為　無法な所業を

働いて行ったのだろうか

見れば　まだ覚めやらぬ団地の住棟――
その寡黙で四角い険阻な窪み　ひとり夜っぴて
　奴僕のように
身勝手極まる居住者たちの
眠りの守りをしていた憐れな戸口が
――俺は知らん!!　と言わんばかりに
視線を逸らした

梅雨空

ここは東京・銀座
小雨降るオフィス街
昼食を食べる場所をもとめて往き来するＯＬや
サラリーマンの影のむこうに
なにか得体のしれない無気味なものが蹲っている
よく見ると　それは
三十代後半から四十歳ぐらいにかけての男性で
肌寒い梅雨空のもと
毛布一枚を頭からかぶって雨風を凌いでいた
その薄汚れた毛布の合せ目からは
冷たい雨滴をまとった頭髪の一部や
羞恥をしらない陰茎がかすかにのぞき
かれの持つ病の深さを物語っていた
――普通なら　かれもこの往き来する人々の群れ
　にまじって
細やかな常人の仕合せを追い求めていたであろ
　うに
という憐れみの思いが
通りすがりの私の心をはげしく揺さぶる
そしてかれを作った（劣悪な因子を

　殊更に用いた…）
気紛れで偏頗な　然う　〃変形《デフォルメ》〃好きな
天帝への怒りが　心底に溢れる

見上げれば　拉げた猫の額のような上空には
かれを見守る　かれの母親の姿が
　狂おし気に　くるおしげに
映し出されて……

野良犬

もう幾日も
なにも食べていないのではないかと
私には思えた
その身は酷くやつれて肋骨が浮き出し
内臓はどこへ移転したのか
腹は背中にくっ付いていた
そしてやけに厳しいこの管理社会
　公営団地の敷地のなかで
残飯の欠片でも探しているのか
鼻で地表の臭いを嗅ぎ分けかぎわけ徘徊していた
その小走りな脚の運びは（齧り付く死神の歯牙か
ら　逃れ出ようとしている四肢の動きは……）
真剣そのもののようでもあり
　惰性そのもののようでもあった
私はその蹣跚めき進む老犬の姿に
主人を持たないものの悲劇を思った
徒に自由を求めることの恐ろしさを知った
私は私のなかに　一瞬
　かつて唾棄した奴隷の思想、――
隠忍と分別　そして分相応
　〃持ちつ持たれつ…〃の思想が
回生するのを覚えた

第三部

泣き声

すごい声で泣いている
まるで百の薬缶が
階段を転がり落ちているかのようだ

　　最近できた近所のマンションのとある窪み
　　　廊下の辺りから
　　降り注いでくる激しい泣き声……

あゝ　子供の頃
僕らもあんなに泣いただろうか
なに憚ることなく
自分を主張することができただろうか

陽光ひとつ差さない路上の隅で
かすかな記憶の淵をたどっていると
求めるものでも手にはいったのか
件の声はぴたりとやんだ

　　——擾乱

猫の鳴き声

炬燵に入って
杯を傾けていると
またあの暗い
懊悩に満ちた腸の奥から
絞り出されてくるような

猫の鳴き声が
聞こえてくる

恐らくあれは
近頃何処からともなくやってきて
この辺を彷徨いている
黒猫の鳴き声
それがいま最近建ったばかりの
近所のマンションの無気味な廻廊
その外れの辺りから
響いてくる

いやあれは
単に餌や住み処を求めて
泣き叫んでいる声ではない

一升千三百円若干の不実な酒精の
甘言に酔って潤けた臓器に刺さるあの声は
かつてあり余る性欲の捌け口、——まだ知らぬ異
　性を求めて
巷をさ迷っていた若い僕らの
陰嚢《ふぐり》の叫び
胸奥の嘆きだ

あの声は遠ざかっていく
無惨にも可憐な性器の一部を抉り取られた
　雌猫の匂いが洩れる
冷たい鉄扉の下を悲しく横切り
猫を見れば石を投げ
棒を振り回していると言う
高大な隣家の
塀の方へと……

会葬

始発電車を待っていると
誰もいない
向かいのホームの階段を
やっとの思いで昇っていく
年老いた人達がいる
彼らは男も女も
一様に喪服を纏い
革靴こそ履いているが
その何処かに
山峡《やまがい》の農民特有の
あの野暮ったい感じが滲み出ている
彼らはいま
冷たく光る軌道のうえを
一分一秒の狂いもなく走り去った

　電車を降りて
この街の外れに位置する
斎場へでも向かおうとするのか
心無い階段の手摺に手を掛け
一段一段枯れたその身を
　押し上げようとしている
その冷徹な時の流れに
置いてきぼりにされた歩みのなかに
すでにこのよの残滓《ざんさい》と化した己の大尾
出番の近さを悟った者らの
和みを宿して

秋色

団地を横切る街路にそって
植えられた銀杏の並木

そのそゝり立つ上半身が
紅い欅の繁みのあいだから
形貌《かお》を見せている
見るとその一本一本が
　金色に輝き
恰も険絶なこの世を
精一杯生き抜いてきた丈夫のように
誇らしげに立っている
その悠揚たる佇まいのなかには
かつてのあの重苦しい欲望、——俗情に塗れた
　心肝の欠片など
微塵も残されていない
あるのは底知れぬ蒼穹のもと
ようやく摑んだ味到の時を
満喫しようとしている恬澹な樹々の
静邃な影のみ……

あゝ　その気負いなき
　密やかな小枝
葉末を洩れくる
喜悦の歌よ!!

第四部

線路二題

達磨*の首

寡黙な線路の向うに
稲荷があった
その小さな社に何を祈っていたのか
時折近くの新地の女が踏切を渡って行った

そこに（その華やかな生業の向うに……）
どんな事情があるかも分からぬ彼女らのことを
口さがない長屋の住人たちは
〝達磨〟と呼んだ
なぜ彼女たちが達磨なのか
幼い僕には分からなかったが
真紅い日の丸みたいな両の頬っぺが
悲しく映った
派手な着物に白足袋姿の彼女たちは
面子や貝独楽に興じる僕らの横を
足早に通り過ぎたが
暫らくしてから戻ってくると
今度は路面に突き出た石橋――大溝のうえを
唾棄するように飛び越え
帰っていった

――ある朝
分厚い栗の渋皮みたいな瞼を開けると
心無い長屋の上さんたちが
声を張り上げ呼び合っていた
いつも恥ずかしそうに俯き通る〝達磨〟の首が
冷たいレールの上から
こっちを見ていると……

汽笛

子供の頃
線路は　無気味な異界への
入口だった
夜半　誰かが逃げ込むたびに
律儀な汽笛が
激しく鳴いた

＊「達磨」は隠語で、下等な売春婦のこと。

留守番

その時僕らは
凍て付く廊下の端に腰掛け
母を待っていた
母は亡き父から買ってもらったという
取って置きの矢絣の着物を箪笥から引き出し
まだ日が出て間もない薄暗がりのなかを
単身歩いて買出しに出かけて行った
後には四隅に糠の固まりだけがこびりついている
　木製の米櫃と
身を切るように冷たい陶製の火鉢が一つ残され
飢えと寒さに戦く僕ら四兄弟妹《きょうだい》の後姿を
気の毒そうに見詰めていた

日はすでに大きく西に傾き
夕食の支度にでも取り掛かろうというのか
近くの家々からは粗朶をへし折る音や
鉄製のポンプで水を汲むせせこましい音が聞こえ
　はじめた
僕らはそれぞれ黙っていたが
内心　母の身に何かあったのでは……
という不吉な思いを打ち消すのに懸命だった

その時　開け放たれた木戸の所で
何か得体の知れないものが
動いたような気がした
それは　待ちくたびれた僕らの
目の錯覚のようでもあり
目的を達することが出来ずにさ迷っている
　憐れな母の　心底からの叫び

その悲痛な声の
先駆けのようでもあった

僕らは怯えた
僕らはその時　自分たちの力では
米粒一つ調達することができない幼い僕らの生命
が
あの辛抱強いがどこかヒステリックな
若い母親の心の動きひとつに掛かっているのを
初めて知った

そして僕らは一様に
おそらく打ち拉がれた母親の帰途に
手《て》薬煉《ぐすね》引いて待ち構えているであろう
東武野田線の芝川の鉄橋の高さを
（その中空を走る
流麗な飛び込み台のような
　枕木の姿を……）
思い浮かべていた

ある夫婦

脳に何か異変でも起きそうな
強い日差しが降り注ぐ夏の日の午後
近所の親しい友人達と下校の道を歩いていると
はるか向うになにやら黒い
人影のようなものが倒れている
近寄ってみるとそれは
この付近の小さな薪炭屋のかみさんで
どうした訳か
空ろな眼をぎらつく天空に向けて喘いでいた
その色白で角張った顔貌には
誰に撲られたのか所々に

裂けた石榴のような傷口がのぞき
白い半襟のかかった胸元には
黒い血糊のようなものまでこびりついている
僕らはその余りにも凄惨な姿に
なす術もなく立ち尽くし
顔を見合わせていた
するとその時僕らの背後で
――この阿魔　まだこんな所を
　彷徨いているのか!!
という鼓膜を引き裂くような怒号がひびき
小柄で筋肉質な隻腕の男がとび込んできた
そして　男は
――さっさと消え失せろ!!
　と叫ぶなり
薄紅い花柄の伊達巻がみえる
　もんぺ姿の女の腹部に
持っていた長い鉄棒の先端を

力いっぱい突き刺し捩じ上げた
僕らはその人間とは思えない酷いやり方に恐れを
　なし
二人を残してその場を離れた
そして帰宅後僕はその一部始終を母に話した
母は一言　〝なんぼなんでも……〟
　と言ったきり
物問いたげに見上げる
僕の視線を外して
黙って勝手の奥へ消えて行った

翌朝　目が覚めるような
　清冽な水音がひびく
狭い長屋の井戸端の辺りから
甲高いかみさんたちの話し声が聞こえた

そのなかに

――なんでも店の小僧と
　マオトコしたんだってさ‼
という隣のかみさんの嘲るような言葉があった
まだ男と女のことを知らない当時の僕に
〝間男〟という言葉の意味は分からなかったが
その蔑むような声の調子から
それが人間としてやってはいけない
卑しむべき行為であるということぐらいは
容易に想像できた

数日後
僕は意識的にその家のまえを通って
学校へ行った
すると意外にも店内には
あの猛り狂った野獣　犬畜生のような男が
先日のことはきれいさっぱり忘れ去ってしまった
　かのように
片手で懸命に薪割をしていた
そしてその傍らで
頸から布で腕を吊るした件の女が
その家の暗い　総てを知り尽くしているかのよう
　な　沈深な空気に
縋りつくような様子で
　片付けものをしていた
店内に少年らしき者の影はなかった

回想
――モスクワ放送

真夜中
耳を劈くような地響きを立てて
貨物列車の編成作業が進行していた
その恐ろしい　何処かの戦場に

直結しているかのような　大宮操車場の
　夜間照明が差し込む飯場の隅で
僕はホームスパンの綿屑で作った蒲団に包まり
酷寒を凌いでいた

家を離れて数ヶ月——
僕はふとあの育ち盛りの弟妹や
細帯一本で金策などに走り廻っているであろう
　母親のことを考えていた
そして当面饑じさからだけは解放された
　現在の自分のことを
後ろめたい気持ちで反芻していた

そんな僕の傍らで
誰のものとも分からぬ小さな箱が
（真新しいベニヤ板で覆われた
　精巧な工作物が……）

民族の独立と恒久平和　そして
　何時果てるとも知れない貧窮からの脱却を
　　訴えていた
この暗い地球上の何処かに
貧しい者　働く者の天国
労働者階級の国家が存在することを
宣伝していた

雑音と緩やかな電波の波に乗せられ
　やってくる　件の声は
遥か宇宙の果てから送られてくる
心の籠った贈り物——貴い道標《しるべ》のように
　僕には思えた
僕は縋った

拾遺詩篇

病床にて

——夏の昼下がりに

ここはどこ？
死臭を捕らえたように
蠅が舞っている

ここはどこ？
目覚めた身体の奥が
妙に気だるい

ここはどこ？
日照りに苦しむ太古の原野のように
褥が燃えて……

ここはどこ？
崩れた軒の向うで
見限る気配

ここはどこ？
伏している僕らを
（明日なきぼくらを…）
　虫螻同然に考えている
神々の邦土《くに》——

冬空

——河川敷にて

小高い土手の向うに

天際は墜ちていた
人影ひとつ見えない河原の縁が
このよの果てか

仰ぎ見る溢れし者を
吸い込むように煌きわたる　天頂の奥処

あるのは陰影
あの恐ろしい地獄の口孔《くち》か

第四詩集『ある呟き』（二〇一二年）抄

第一部

花束

ささやかな
宴会の後
お持ち下さい
と渡された
一握りの花束……

ハトロン紙に包まれた
花の中には
全開の白百合

薄紅色のカーネーション
清楚で白いストックなどが
含まれている

それぞれに寡黙で
驕らず焦らず
媚びようともせず
己の思想
己の密かな愉悦のなかに
咲きたっている

数日後には訪れる
生あるものの悲しい現実（その
　葉茎の陰に　韜晦している
　　憂戚を……）
胸奥で処理して

——ある詩集の出版祝賀会の帰途に。

蘖《ひこばえ》

鳥たちの
落穂拾いも
終った

田の水は総て落とされ
今あるのは
頑健な刈取機の
轍の跡のみ

その傍らで
おまえはさびしく
明日を見ている

心無い
埃に塗れたひ弱な葉茎を
健気に伸ばし
誰にも顧みられぬ不毛の生命
明日をも知れない片方《かたえ》のいのちを
精一杯生きてみようと
虚空を見ている

やがて始まる
冷気の嬲り
獰猛な耕耘機の機関の哮りを
根方で予知して

*

TVでは
明日は今年初めての
木枯らしが吹くかも知れません
と　報じていた

田の中は
邪虐な誰かが引っ掻き廻したように
土壌が掘り起こされ
その冷たい骸のような　生気を失くした土塊に
獅噛み付くような形で
古株の根や蘖の葉茎が
転がっていた

そして　その
幾分黄色味を帯びた蘖の葉茎の先には
すでに　己の最期を予知した者の
　悲壮感が漂い
やがて土壌の一部と化していく者の

寂寞《じゃくまく》の思いが
滲み出ている

みれば
（あゝ　見れば…）
腹を出し背中を見せている　いくつかの
　葉茎の中には
白い　可憐な花弁を纏った
ひつじ穂*の姿も
　あると言うのに……

＊

ひつじ穂の
　花弁いたぶる朔の風
寄り添う心を
　嘲りて吹く

＊「ひつじ穂」は、蘖に生じた稲のこと。

晴れ間
——病室の窓から

聡明で床しい　貴婦人みたいな
梅雨時の晴れ間が
見える

鬱陶しい雲の上では
何時でもあの慈悲深い　公正な彼女の眼差しが
ひかっているのだ
艱難と　貧苦に喘ぐ
憐れな下界の細民たちの

心情に寄り添い　慰藉するように

第二部

（1）

詩について

その1

自分の言葉で、
自分の思いを
素直に語る。

その場合、
言葉は奴隷で
思いは主人。

慎ましやかな、言葉の奉仕で
　思いは引き立つ。
冷たいトルソのように、
永劫に微笑む。

その2

詩は、己を削って
書くものです。

時に絶命する人さえ
あるのです。

けれども詩人は、
　どえらいカオスを抱えた一途な詩人は
怯みをみせぬ。

澄んだ己を夢見て、
詩を書くのです。

蟬声

耳を　劈くような
忙しい　蟬声

その下を
名も無い　一人の詩人が
俯き　通る

何時しか　消失していた
　詩魂の影を　その欠片を
探し求めようとして　いるかのように
蹣跚めき　通る

瞬時の　生命を
賛歌に捧げる　健気な虫を
（死をも恐れぬ　その情熱を……）
心底　羨むように
泪し　通る

（2）

塾帰り

なにが潜んでいるのか
無気味な小径
そのなかを

固い蕾のような無口な胸部を
サージでかくした二人の少女が
家路を急ぐ

暗い小雨まじりの空だというのに
なにをぶつけあっているのか
二人は笑う

赤いズックの手下げ鞄が
健気な灯火のように
足下を照らして

母を呼ぶ声

窓を開け放って
原稿用紙に向かっていると
向かいの集合住宅の一階の戸口の辺りから
母を呼ぶ幼子の声が
聞こえて来る

三輪車のベルの音に混じって聞こえて来る
　その声は
家事に追われて出遅れている母親の

一刻も早い出立を促す
あどけない呼び声
　――母は自分一人のためにある
と信じ切っている者の
無邪気な声だ

その声は
冷たく広がる駐車場の敷地
無愛想極まる建物の壁を微細に震わせ
　際限もなく続く

総てを
　（恐らく私がまだ見かけたこともない
　　一人の女性…）
偶には一人になって　あの夢多き
　華やかな街中を歩いてみたい
と考えているかも知れない　女の

　　　〝裁量〟に預けて……
晴れやかに
　はれやかに　響く

鳥たちの返礼

年齢のせいか
あまり飯が食べられない
普通の大きさよりも少し小さめの茶碗に
ふんわりと盛られた麦入りのご飯すら
　一口残してしまう
別段〝腹八分目…〟という諺に
縛られているわけではないのだが
ほんの一寸でも食べ過ぎた後の　あの言いようの
　ない苦しさを思うと

それ以上箸が進まないのだ
そこで、
——食べなきゃだめよ！
貧乏人は身体だけが資本なのだから…
という　健啖家の家内の言葉の端をすり抜け
残った飯の塊をつかんで屋外に向かう
そこには既に馴染みとなった雀や尾長鳥が
あのあどけない首足を揃えて待っているのだ
私は彼らに残飯　いや今日一日の糧を与える
頭上を横切る電線や　隣家の樹木の繁みの中から
不可解極まる下界の動きを　垣間見ようとしてい
る彼らのために
一粒一粒（一寸大袈裟な言い方かも知れませんが
……）ブロック塀の上に　飯粒を
並べて行くのだ

噫　もしかすると私はそうすることによって
飢えと貧窮に苦しむ多くの人々に対する　罪の意
識、——
なに一つ救いの手を差し伸べることのできない
惰弱な男の　いや半ば飽食暖衣の暮らしに
埋没してしまった　節なき男の
心の咎めを
少しでも軽減しようとしているのかも
知れない
そして私は屋内へ入る
すると　洗面所の小さな窓から
網戸越しに観察されているとも知らずに
彼らは舞い降りてくる
そして互いに突っつきあい牽制しあいながら
瞬時に総てを平らげ　飛び立って行くのだ
殺風景な塀のうえはもちろん

植え込みや庭内のいたるところに
感謝のつもりか　あの白い
　親昵感溢れる　健気な手紙
排泄物を残して……

宣誓

電車に乗ると
いつしか席を譲られる
年齢になっていた
坐りたいのが半分
恥ずかしいのが半分
でも尻から脹脛へかけての
　蹲りたくなるような激しい痺れと
　　刺すような痛みには
堪え切れず

深く一礼をして
その厚意に甘える

席を譲ってくれる人のなかには
若い人もいれば
勤め帰りと思われる
　中年の男性もいる
若干頭髪が白くなったり
脂ぎった地肌が見え始めたような人たちまでが
苛酷な職場から持ち帰った忌まわしい疲れ
　仮眠の世界に身を投げ出したい気持ちを
　　果敢に押し退け
　　　立ち上がってくれるのをみると
吊革につかまっている自分の姿が
いかにさもしく
惨ったらしく映っていたのかと
恥じ入ることも

屡々である
そして
そのような時
たとえ無意識といえども
　これからは
どこか空きそうな席はないものかと
きょろつくような仕種だけは
絶対しまいと
心に誓うのである

これが
（噫、これが…）
満七十六歳の誕生日を
明日に控えた朽ち逝く男の、——いや未だ
　未熟な若者達の
　　肉塊を占拠している　虚飾の心理

見て呉れの思想から
脱却できずにいる男の
〝宣誓〟なのです

花冷え

寒い！
帽子を被り
手袋を嵌め
マフラーとオーバーを羽織り
股引を二枚穿いているのに
毛穴に食い込む邪虐な寒気は
老骨に沁みる

寒い！
すでに三月も半ばを過ぎて

もうすぐ四月の縁に
　手が届かんとしているというのに
この風の冷たさは
どこからくるのか
韓国、北朝鮮、中国東北部
　シベリア、それとも北極？

寒い！
リーマンショック以来めっきり仕事が減って
　食って行くのがやっとだという
　　義弟と茶店で別れて
——俺になにが出来るだろう
と考えながら歩いている　郊外の疎林
遠い仄かな明かりのように
（憂いを知らない　標のように……）
　桜が咲いている
固い己の殻を内から破って
　花弁が貌を覗かせている

寒い！
昨年　姉、妹、弟と
親しい身内を一挙に亡くした俺の心を
　芯から慰め励ますように
桜が咲いている
二輪、三輪と
険しい未来《あした》に　切り込んで行こうとして
　いるかのように
健気な花神が　その軀《み》を
乗り出している

第三部

見切り

それは初め
一本の長い帯かベルトのように
私には思えた

(嘗て無数の人をあの世へ送った勇壮な
楽曲《おと》の調べに浮かれた師走の街の
道路のうえに
誰かが落としていった
どす黒い帯……?)

だがよく見ると
それは意志ある事物のように
遠くを見詰め
前進している

忙しいなか
すべてを忘れて立ち尽くす　無細工極まる
矢来のような
老若男女の背後をめざし
移動している

一刻も早くどこか別の世界へ
移り棲もうとしているかのように
(そこに新たな隧道、—神聖かつ有意義な
活躍の場を見出そうとしているかのように
…)
脇目も振らず漸進している

（じりっ　じりっ　と
凍て付く大気の制止を無視して
　遠離ろうとしている）

徐行を続ける乗合バスの
無情な鉄格子のような窓硝子のした
不機嫌に人も車も排した
　車道のうえに
真新しい二輪車諸とも
横転している
　無惨な容器
サイケ*な着衣に
見切りをつけて

＊「サイケ」はサイケデリック〈幻覚的な〉の略。

瀑布
――ある夏の日の出来事

狭い庭先に置かれた木製の盥に
水は満々と湛えられていた
そしてその冷冽な水の面に
焼け付くばかりの真夏の太陽の光が
　容赦なく降り注ぎ
煌く無数の波紋の膜が作られていた

だがよく見ると　その下を
　揺らめく波紋と波紋の間を
まだ見たこともない無気味な影が
　潜航してくる
久しぶりに幼い子供たちと

水遊びを楽しもうとしている私に向かって
その影は進んでくるのだ

――あゝ　もしや
　これが　あの恐るべき！
そんな予期せぬ言葉が
　崩壊していく巨大な都市の
　　映像を伴い
安寧に潤けた（飽食暖衣に爛れた…）
　私の脳裡を　忙しく横切る

そして　この不思議な現象、――
然う　あり得べからざる事態の進展を正当化しよ
　うとしているかのように
一瞬長閑な海浜みたいな盥の縁から
激しい瀑布となって　清水《せいすい》が溢れて

偶感二題

遺伝子の登校

いつもは友達と一緒なのに
今朝はひとりだ

しかし別段淋しそうな様子もなく
いつものように
時々右の肩を大きく揺すり
前に伸ばした　柔軟な頸を
振り子のように左右に振って
悠然と歩いていた

そのしなやかな肢体のなかには

これから受ける学科のことも
況して　自分たちを
どこへ引き摺り込もうとしているのかも分からぬ
　現在の日本の社会、――
その矜持を持たない奴僕の諂佞
先見性なき先導者に対する不満や虞れ
　憤りの気持ちなど
ないように思えた

後ろから見ると
生まれた時と寸部違わぬ　遺伝子の群れが
（そのひょろ長い
　訝ることを知らない　電信柱のような
　　形成物が…）
課題と期待がいっぱい詰まったズックの鞄を
　肩から下げて
歩いているように思えた

天空は
黙視していた
（二〇〇三年三月、時の小泉首相が内外の世論を無視して、独断で米ブッシュ大統領のイラク攻撃支持を表明した日の翌朝のこと。）

数の子

正月、
苦い屠蘇を傾けながら
やけにぷちぷちとした
　反発力の強い
数の子を噛み締めていた。
何だか　理不尽極まる驕傲な覇者の

テロ掃討に振り向けられた
憐れな戦車の　キャタピラーに
　なったような
気分だ。

番

いつも見かける番の土鳩
今日はなにが気に入らないのか
熾烈な闘争……
硬くて鋭い針金みたいな詰りの両脚《あし》で電線を握り
怒りと憎しみの籠もった
（巨大なマントのように広げた…）
翼の先で相手を叩く
すると叩かれた相手も
そんな謂れはない　といわんばかりに
激しく抵抗　暴力は止めてよ
　といわんばかりに
相手に詰め寄る

これが数日前までは互いに寄り添い
嘴をくっ付けあっていた者同士の
　意外な現実
やがて啀みあっていたうちの一羽が
相手の惨さ執拗さに嫌気がさしてか
　傍を離れる
暫しの自由を求めて
中空へ飛び立つ

するとそれを追いかけ
　相手も飛び立つ
逃してなるかと尾羽に咬みつく

なにが原因なのか分からぬままに
縺れる番の周囲の空に（その
　聊かの心の揺らぎも許さぬ
　　澄み切った　空隙に……）
赤い烈しい血飛沫みたいに
羽毛が飛び散る

鴉の異変

――ここ二、三日
ばかに鴉が煩いわね
大地震でも来るのかしら……

遅い昼餉の後
洗面所で歯を磨いていると
近所の主婦たちの立ち話が聞こえる

昨日　そして今朝早く
茨城県方面を震源とする中程度の地震があり
（その揺れの強さに一瞬腰を浮かせる…）
主婦たちの話は
　それを根拠にしての発想らしい

だがそれは
あまりにも単純で　短絡的
といえば言えなくもない

一昨日　ある集会の帰途
近くの団地の知り合いと　久し振りに
　顔をあわせた
（あまり好感を持てない
自己主張のみが突出している
　　熟年の未亡人……）

その人の話では
近頃鴉が増え過ぎたため
団地の管理事務所が
　周りの銀杏並木の枝を全部切り落としてしまっ
　た　所為だとか

その後（一寸した使いの帰り…）
それを確かめようと
　団地の周囲を自転車で廻ってみたが
どの枝が切り落とされたのか
半ば疑念に曇った　私の眼には
皆目見当が付かなかった

しかし　何が原因であれ
鴉の世界に　今重大な異変が起きているのは確か
だ

洗面所の窓から見える　物憂い空間
（その　自己中心的な人間どもの
　〝呼気〟に汚れた　中空を……）
不安と恐怖に怯えた鴉の群れが　大群が
狂ったように飛翔している

第四部

弁明

だれがなんと言っても
お酒がすきだ
寡黙で優しい女の柔肌にも似た
芳醇な酒

ぼくは三百六十五日
日本酒きり飲まない
鍋や炬燵が恋しい真冬はもちろん
暑い夏の盛りも熱燗にして

（ぼくの胃腸は刺激がにがて
冷たいビールや奇っ怪な水割り
ましてや情緒を解さぬ異国の蒸留酒には
すぐさま傷付く……）

ぼくが求めているのは
閑寂なひととき
臓腑にじっくり滲みこむ
豊潤な酒精

ぼくはそいつの力で
あしたに備える

背負い切れない　背負い切れない
懊悩！
〝内患〟を処理して

お願い

僕が死んだら
泣かないでください
泣くと死んだ僕の骸軀《からだ》が
（痩せた肩甲骨の辺りが…）
引き攣るからです

僕が死んだら
お葬式はやめてください
金と時間に追われる憐れな知己《とも》らの
迷惑顔が目に浮かぶからです

（いや　恰も聖人君子の亡骸でも
　見送るように
掌など合わせられると
　恥ずかしいからです……）

僕が死んだら
塵芥とともに焼き捨ててください
それがなに一つこの世に遺せぬ非才な男の　覇気
　なき男の
葬送に相応しいからです

僕が死んだら
（この去り難き人界に別れを告げたら…）
罪科《つみとが》は赦してください
跡形もなく消え行く者の
これが最後の望みなのです

第五詩集『かぜが…』（二〇一五年）抄

第一部

白い雲と黒い雲

青い空
なぜ青いのか分からなかった
白い雲
なぜ白いのかも分からなかった
そして　雨を降らせ懐に雷霆を隠し持っている
　黒い雲
なぜ雲に　白と黒があるのか
それも分からなかった

暫く経って
　それも八十に手が届くようになって
雲にも厚みがあって
陽の光に輝く白い部分と
光が届かぬ暗い影の部分があることに
　初めて気付いた
（あの逞しい　幾重にも折り重なって
　俗界を睥睨している
　　入道雲と向き合いながら……）

それにしても　この当たり前のことに
なぜもっと早く気付かなかったのだろうかと
　己の愚かさ　勘の鈍さに驚くと同時に
随分長い間　人生の暗い部分
　狭い曲り拗った　地下道みたいな世界を　さ迷
　　いながら
詰まらぬことに首を突っ込み　係わりを
持ってきたものだと
　今更ながら　思う
（たとえそこに　食うためには止むを得ない
　という切実な問題が　横たわっていたとして
　　も……）

――かつて　ランドセルを背負って
無邪気に登下校を繰り返していた頃
白い雲と黒い雲の違いはどうして出来るのだろう
と　道々考えていたことがあるのを
思い出す

当時理科や算術が苦手で　勇ましい軍艦や
　空中を旋回する戦闘機*の絵ばかり描いていた
　　罪のない私の
　　　占有物となった結論は
澄んだ溜まり水で出来たのが　白い雲

窓から捨てた墨汁や　雨上がりの泥水で出来たの
が　黒い雲
という程度のものに　過ぎなかったが……

＊　当時の戦闘機は二枚羽翼だったように記憶している。

焼鳥

スーパーで
焼鳥を買った
〝ひな鳥　一串百六十円の品を半額〟
という表示に釣られて　四串買った
夕方　家で杯を傾けながら
　何故安いのか　考えてみた
他の商品を売るための囮？
それともリニューアルしたスーパー内で
自店を一際目立たせるための　投売り？
（それにしてはもう大分長く続いている……）
僕は　塩辛い目刺しの頭を齧りながら
更に深く考察してみようと　無い知恵を
　絞ってみた
そしてその時　ふと頭に浮かんだのが
嘗てテレビで見たことのある　あの状景である
男が眼鏡やマスクを掛けていたかどうか覚えてい
ない
しかし　白い帽子を被り
白い作業着を纏っていたことだけは確かである
そして　あの貪欲な眼球のように煌めく電光のも
と　男は　逃げ惑い

泣き喚く白い物体を一つずつ摑まえては
　その臀部を覗き込み
右へ左へと選り分けていた
あゝ　その動作の素早いこと　それで
　間違いは殆ど無いというのだから　まさに神業
　である
否　そのようにして選別された雄の雛達の群れの
　一部が
いま眼前に並んでいる　食材なのではないか
という結論に　思い至ったのである

それが正しいかどうか　分からない
これは飽く迄世間知らずで独り善がりな
　軽佻浮薄な男の　推測に過ぎないのだから
しかし　爾来その眼前の食物に
全く箸が向かわなくなったことだけは確かである

それが　生まれて間もなく
　恰も身代に係わる不埒な存在
あの忌まわしい　《殺潰し》でもあるかのよう
　に抹殺された
　小さな生命の　恨みの塊、――
こんがりと焼き上げられた
肉片のように　思えたからである

いのち考

いのちは大事だ
　大切にしなければならない
と誰もがいう
僕もそうだと思う

夕刻　盃を傾けながら

物思いに耽っていると　あの不躾だが
　どこか哀切感の籠もった甲高い羽音が
　　耳を掠める
そこでその不法侵入者の行方を確かめようと
　見廻していると
早くも剝き出しになった左の腕に
許容しがたい痒み　痙攣が走る

見ると　白と黒の縞模様でカムフラージュした
　精悍な藪蚊が
僕の腕に節足を打ちたて
長いストローのような嘴を突き刺しているのだ
その後方に突き出た自在な胴部は
既に僕のいのちの源泉の一部を吸い取っているの
か
重い燃料タンクの先端のように
僕の皮膚擦れ擦れに垂れ下がろうとしている

そこで　僕は咄嗟に
積年の恨みを晴らすのはこの時とばかり　慎重に
　身構え
あらん限りの力を籠めて
　反対側の腕をそ奴目掛けて振り降ろす
そして　その首尾を確かめようとするかのように
暫くしてから右の手掌をそうっと上げると
そこには　一時《いっとき》小さないのちを養うはずだった
　僕の分身　鮮血が無惨に飛び散り
その中に　思いを果たせなかった不運な命が
撃ち落とされた航空機の残骸のように
貼りついていた

あゝ　そのとき僕の心中を走った勝者の快感
しかし　それに併せて驕りに満ちた僕の内部に
　湧出してきた　一つの疑問
——いのちとは　何なのだろうか

僕らのいう大切ないのちとは
　どの辺のところまでを指して
言っているのだろうか　と……

死因

数年前
人間の死因について記した
文章を目にしたことがあった

それには　意外にも
人間の死の大部分は病気によるもので
誰もが望んでいる老衰死は
ほんの数%に過ぎないと書かれていた＊
最近　なぜか新聞の死亡記事欄に

　目が行くようになり
死因や享年に殊更関心を持って眺めていると
そのことは確かに頷けるような気がする

五十や六十歳代で亡くなる人の多くは
癌や急性心不全等によるものが多く
それ以上の年齢になると
肺炎や脳卒中等の病気による場合が多いように
　見受けられる
〝老衰〟という文字には
ほんの偶にしか出会すことが出来ない

――だとすれば
若い頃から酒を飲み
不摂生を重ねてきたこの私の死因も
自ら明らか　ということになるのではあるまいか

昨今やけに眠りが浅くなり
（頻尿のせいもある……）
足腰が不自由になってきた私の身体が
如何なる種類の病魔によって首絞められるのか
気懸かりであると同時に
楽しみでもある

出来れば余り苦しまない方法で
天寿を全うさせて貰いたいというのが
小心な癖に自制心に乏しい私の
　予てからの念願である
虫が良すぎる　というものだろうか

＊ 多分、三％だったと記憶している。

実感

有り難い
という言葉がある
広辞苑によると
稀有という意味だそうだ
稀有とは
まれに有るという意味だろうから
めったに無いという意味にも
通ずることなのだろう

私は満八十歳に達するようになってから
この有り難いという言葉を
頻りに発するようになっていた
いや　発するというよりも
心の奥底で反芻するようになっていたのだ

昔は（西も東も分からぬ若い頃には…）
　そんなことはめったに無かった
稀有　詰まり〝有り難い〟ことだったのである
それが　近年なぜ殊更に意識するようになったの
　かを　考えてみると
そこには（その変遷の根底には…）
何ひとつ社会の役に立っていない自分が
然う！　非才かつ襤褸切れ同然の男が
何の咎めも無く　まるで一角の功労者のように
　この世に生かされている
　　という思いが　あるのかも知れない

誰によって生かされているのか？
そんなせせこましい議論は　誰か他の論争好きな
　人に任せるとして
幼い頃から多くの心優しい人々によって
助けられ　支えられてきた自分が

何ひとつお返しも出来ないまま
　のうのうと　惰眠を貪っている
いや明日　明後日という切迫した期限も
　設けられずに
生半な詩を書き　酒を飲み続けている
〝有り難い〟という言葉以外に
何があるだろうか

これが〈嗚呼これが…〉
学校は出たけれど
　これという有意義な仕事にも就けず
只管　非人間的な競争社会を生きている
　多くの若者たちの（楯突く論拠を捥がれた
　　子や孫たちの……）
　　　未来について考えている
老い曝えた　おい曝えた
　しがない私の　実感である

あり難いこと　〝有り難い事〟　だ!!

桜四態

お前と初めて出会ったのは何時だったか
覚えていない　磨耗し切った私の脳裏に
慎ましやかなお前との出会いが記憶されているの
　は
何とも古い尋常小学校の入学式の日
緊張し切って校庭に整列させられている幼気な僕
　らを
優しく労り　包み込むようにして
お前は咲いていた

それから何年かして
　あの忌まわしい太平洋戦争が勃発すると
お前は以前と全く違った形相で僕らのまえに立ち
　はだかり
僕らを監督していた　お前は
　あの潔い武人の鑑として散り際の美しさを僕ら
　　に教え
軟弱な僕らの心を凄惨な戦場へと駆り立てていた
僕はその時期　踏むと青い体液が飛び出す無気味
　な毛虫を
所嫌わず振り落とすお前の行為を含めて
　お前が嫌いだった

しかしそれから暫くして　あの無謀な戦争に敗れ
　た翌年
長年犬畜生のように蔑まれ
言語に絶する苦しみを舐めさせられてきた
　在日朝鮮人の人たちが
溢れんばかりに咲き誇る大宮公園のお前の下で

酒を呑み太鼓を打ち鳴らして
アリランを踊っているのを見た時には
（その　大海のうねりにも似た
　チョコリの動きを　微笑み見ている
　　お前に接した時には……）
初めてお前の本心　包み隠された信条を垣間見た
　ような気がして
感動を　覚えたものだ

そのお前が　いや僕の近所のお前の同胞が
いま　伐り倒されようとしている
夜もおちおち眠れぬ競いの社会、—恣欲《よく》と弱肉強
　食の論理に裏打ちされた
　　仕組みのなかで
ばさつき　傷付いた庶民の心を
潤し慰めようと咲いていたお前の仲間が
　健気に散らした〝至誠〟の花びら　その
片々が　隣近所の敷地や公道を汚すという声に圧
　されて
お前の主は止む無く言った
昔は（人家が少なかった頃は…）随分可愛がられ
　た樹だけれど
これも〝ご時世〟なんでしょうかね……

寸感
——鈴が峰にて

息子の赴任先
広島へ来ている
騒音ひとつ届かぬ
鈴が峰の山腹の小径から
恥ずかしそうに襟足を見せている
眼下の白い街並みを見ている

何事もなかったように　穏やかに
　市街を包む周囲の山々
そして　遠くに見える
港の起重機
（その自信に満ちた
　活発なアームの動き……）

あゝ　この街の
　凄惨な傷痕
あのおぞましいケロイドは
何処へ行った
　のだろうか

＊

見上ぐれば
　遥かな天空《そら》に閃光《ひらめき》の傷痕《あと》
その下に十幾万の死屍の
　妖華《はな》ぞ咲きしか

第二部

ある授業（思い出）

なんの授業か
　覚えていない　恐らく
我々少国民は
如何に国家に奉仕すべきか
その身を捧げるべきかの　訓話だったのだろう

突然教師は　何を思ったのか

一段高い教壇の上から
最前列のS君を指さし
こう言い放った
　君は身体も弱いし
　　頭も然して良い方ではない
君みたいな人間は
　非常時にある現在の日本にとって
　　何の役にも立たない……

謂うならば
　人糞製造株式会社だ!!

その言葉は
鎮まり返った教室のなかに
　雷鳴のように響き渡った
聞き入る生徒たちは
日焼けした毬栗頭を交互に振って
S君と教師の顔を見比べていた

いつもS君を弱虫扱いして蔑んでいた彼らにとっ
　ても
教師のこの言葉は　余りにも
　衝撃的だったのである

体操や柔道　銃剣術等が苦手で
S君と同じ扱いを受けても可笑しくない腺病質な
　僕も
硬直し切ったS君の顔を
気の毒そうに見詰めていた

すると　驚くべきことに
粗暴極まる教室の空気に　常日頃痛め付けられ
　堪え忍んできたS君の眼球の縁から
積もりに積もった屈辱感の固まり
　口惜しさの代替物のような涙が　いや
　　その怒りの粒子を剝き出しにした　結晶が

時の不条理、――　弱者擯斥　弱者撲滅の非情な
論理を　告発するかのように
滲み出てきたのである
一滴　そして又
――一滴と……

思い出
――芳香の壁

学校の帰り
長屋と長屋の間の狭い路地を
歩いていると
突然ぶち当たった
強烈な匂い
それは　僕ら家族が
久しく口にしていない
カレーの匂い
それが恰も　部厚い透明な硝子の障壁のように
僕のまえに立ちはだかって
その進行を妨げていた

僕は最初
そんな空気の塊みたいなもの
突き破って前へ進めばいいじゃないか
と考えていた
しかしそれは出来なかった
僕の臭覚はすでに完全にその芳香の
虜になっていたからである
僕の頭脳は早くもそのカレーの中に入っている
具の種類について考えていた
じゃがいも　玉葱　人参

それにあの不思議な味を醸し出す
　動物の肉……

そして　今時こんな贅沢なもの
どこの家で作っているのだろうと
　辺りを見回した
しかし　その厚かましい詮索を拒否するように
　何処の家の硝子戸も固く閉まっていて
それらしい気配は全く感じられなかった

僕はその時
今もって微動だにせず立ち塞がっている芳香の壁
その鼻孔の奥の奥まで侵攻してくる　意気軒昂た
　る存在の意志を　再確認すると同時に
ここのところ　曖気や屁の素となる
配給の芋ばかり食べさせられている　僕ら一般国
　民の惨めな食生活を
改めて思い起こしていた

そこで　僕は止む無く
はるか向うに立っている我が家の物干し柱の先端
　を　横目で見ながら
もう一つの道を選んで我が家へ帰った
家では母が掻き集めた饂飩粉で
殆ど具の入っていない　空汁みたいな水団を作っ
　て待っていてくれた
僕は黙ってそれを食した

第三部

疥癬（その1）

かゆい
矢鱈に痒い

脚といわず
背中　腹部　臀部
引いては　肋骨の浮き出た
薄い胸板のあたりまで
まるで火が付いたように
かゆくて熱い

俺は　若い未熟な
江戸の火消しのように
火の手の上がった痩せたわが身の
あちらこちらを
辺り構わず懸命に掻く
——掻くと余計かゆみが増しますよ！
　といわれているのに
掻いてかいて
かきまくる

何の因果か
老いたこの身に無断で棲み付き　繁殖している
　微細なダニのしぶとい毒を
只管掻き出そうとするかのように
呪いの籠もった手指の先で
懸命に掻く
　かいて　掻いて
掻きまくる

心無い　氷の筵のような煎餅布団の心底にも
親昵感が芽生え
これから誰にも邪魔されることのない　安らかな
眠りの淵に
突入できるかどうかという　期待に満ちた
夜半の頃から
あの忌まわしい世界の動きを
物憂いポストの口に投げ込んで行くバイクの音が
沈深な　鶏鳴の空気を震わせ
搔き乱す時まで

かいて搔いて
かきまくる
あゝ　搔いてかいて
かき捲る

疥癬（その2）

医師は最初
ピンセットで撮んだ私のお尻の皮を
顕微鏡で覗いて
疥癬ではないようですね
暫く様子を見ましょう……
と言った
しかし　いくら処方された薬を身体に塗っても
呪わしい痒みは一向に収まる気配はなかった

三ヶ月後
医師は私の皮膚をもう一度撮んで
顕微鏡を覗いた
そして幾分申し訳なさそうな声で私に言った

やはり疥癬ですね　疥癬の卵があります
　最近どこか養老施設のような所へ
　　行かれたことはありませんか
このムシはそのような所に多いのですよ……
しかし私にはそのような記憶は全くなかった
むしろ私の脳裡には数ヶ月前まで愛犬カイが疥癬
で
病院通いをしていた事実があったので　その旨
　医師に伝えると
おかしいですね
　犬の疥癬は人間には感染らないはずなのです
　　が…
と彼は言った

——人間には感染らない？　だとすると
カイの疥癬が私に感染るはずはない……
しかし現実に私はこの忌まわしい　誰にも話すこ
　との出来ない　疾患で苦しんでいる
この矛盾をどう解決したら好いのだろう
と思いながら　若い誠実そうな医師に
　感謝と別れの挨拶をしようとしたとき
一瞬私の内部に
いや　もしかすると　私の身体は
　人間じゃないのかも知れない！
　という突拍子もない思いが閃き
それを立証するかのように　錯綜する意識の底で
私と犬の身体が　（どこの犬かは分からなかった
　が…）　すんなりと
然う！　一分の狂いもない入れ子のように
　入れ替わっているのを
　　実感したのだ
そして　こんな莫迦げたことが……　と
　内心訝りながらも

これなら私の置かれた状況も説明できなくはない
　な　と
敢えて納得の道を選んだオポチュニストの私は
先刻とは全く違った　晴れやかな気持ちで
　医師に挨拶すると
　（尻尾を振ると……）
真率な心が一杯詰まった　殺風景な診察室を
　後にしたのだ

痞癖（その3）

僕とお前との間には
障子一枚の隔たりしか
　なかった
お前は日当たりの良い縁側で寝起きをし
僕は幾分くらい六畳の間で
大して面白くもない
詩といわれる文章を　捏ね繰り回していた

僕とお前との出会いは大分前のこと
僕がチビとクウを連れて散歩をしている時
お前は警戒心丸出しの姿で
あちこちのごみ置き場の網の中に鼻を突っ込み
　徘徊していた
お前は首輪こそしていたが
その痩せた腹部は　祭りを終えた寂しい幟のよう
に
はためいていた

そこで僕は
チビとクウを家に繋ぐと
早速買い置きの餌を持ってお前の所へ引き返した
それが僕とお前の付き合いの始まりだった

それからお前が僕の家へ来るまで
ここでは言い尽くす事の出来ない様々な経緯があ
　ったが
チビとクウが居るにも拘らずお前を引き取ったの
　は

そうしなければ　多くの捨てられた犬猫同様
お前もあの凄惨なアウシュヴィッツ　市の保健所に
引き渡される羽目になり兼ねなかったからだ
そこで　僕とお前との共同生活（？）が始まった
　のだ

しかし　それが果たしてお前にとって幸せだった
かどうか　分からない
なぜなら　動物の飢えや生き死にの事については
　人一倍関心の強い僕も
こと衛生面の件に関しては
　とんと無頓着に等しい人間だったからである

お前がわが家へ来てから十年近い年月が経過し
チビもクウもとうにあの世へ旅立って終ったが
ひとり残されたお前は　相変わらず
　僕との生活を余儀なくされていた
そしてその結果が　ある日突然訪れたのである
それは身体の諸方《あちこち》が真っ赤に腫れ上がる皮膚病で
お前はその痒みに昼夜を分かたず　首を振り
　身体全体をぴくぴく震わせていた
やむなく僕は　お前を動物病院へ連れて行ったが
医師は、

疥癬ですね
　草叢での散歩は避けて下さい
　出来るだけ清潔な環境で飼育して下さい
　　週一回注射に来て下さい
（四、五回続ければ
　この虫は必ず退治できる筈ですから……）

と言った

帰宅後　医師の言った〝清潔な環境〟という言葉
に

著しく自尊心を傷つけられた僕は
早速お前の居場所をひっくり返してみた
すると驚いた事に　そこは（薄汚れた毛布と新聞
　紙の下は…）
掻き毟ったお前の体毛と　蚤や家壁蝨でも蠢いて
　いそうな　湿っぽい
　　もやもやした綿埃の集積所だったのである
僕はその時　鳴き声ひとつ立てずに僕との生活を
　耐え忍んで来た　お前に
　　心底深く詫びると同時に
昭和一桁生まれの欠点――薄っぺらなロマンチス
　トの　独り善がりな視点
狭隘な正義感　自己陶酔の欠片《けっぺん》を
如実に見せつけられたような気がして
　愕然としたのである

第四部

樹影

人影疎らな
ホームの外れに立つと
冷たく光る刃物のような線路の向うに
小高い台地
誰の所有か分からぬ丸太や便器
　破れた青い金網の袴を穿いた　その台地の
うえには

見上げるような樹木の群生
野暮な僕にはその名も分からぬ樹幹の群れが
まだ肌寒い　晩春の翳りを宿した天空を目指して
伸びやかに立っている

その仰向ける梢の先端には
満面に笑みを湛えた若葉が茂り
対応に苦慮する無骨な周囲の空気を
和ませている

それは
（嗚呼　それは…）
恰も　頑迷でしぶとい　冬の統治を
　押し退け
ようやく動き始めた　大地の息吹
鼓動を伝える　聖なる用具
　あの　真向な
導管のようだ

花水木

桜は
とうの昔に散って終った
その後　亜熱帯の惨さを思わせる狂暴な雨や雷
　突風等があって
常ならぬ時期《とき》を迎える

そして
なんぼ何でも早過ぎるのでは!!
と　突っ掛かって行きたくなるような
　驕慢な夏の日の君臨のもと
腰部脊柱管狭窄症に苦しむ私は
萎え衰えた筋肉の恢復を願って

近隣を歩く

すると、
——あと何年ぐらい生きられるかな
　という切実な問いを深部に抱えた私の心を
　　尻目に
懸命に咲き誇っている白い花水木の健気な姿が
（その連延が…）
生きる意欲を蝕む　重い鎖のような
痛苦を吸い取る

顧みれば
　一寸した身体の変化に
一喜一憂している　気節なき私は
幾分軽やかになった
　蹣跚めく脚の捌きで
明日を探る

夾竹桃

広い団地を横切る
　忙しい街路
その横放な路面が発する騒音《おと》から
住民の生活環境を庇護するため
　植えられている
夾竹桃の垣根

そして　その深い
　緑の沈黙
　　ぶっきら棒な連延のなかから
この世の矛盾　いや相克と向き合い
　打ち消すように
咲き立っている　真紅の花々

あゝ　その謙黙で
　慎ましやかな
　　笑顔のなかに
今も生きている　大地の息吹
阿ることを知らない
乙女の真情……

路傍にて

あゝ　見れば
　それぞれに
可憐で慎ましやかな
路傍の花々……
濃厚な脂粉に塗れた
百合の花とはまた一味違った
　美しさが
そこにはある

僕はその　どちらかと言えば路行く人の
親しみの籠った眼に応えようともせず　立ち尽くす
ある意味〈自己中心的〉な
いや　追従《ついしょう》を排した
野の花の　佇まいが
　好きだ
そこには　一度限りのこのよを
　脇目も振らず生き抜こうとする
名もない植物たちの　捨て身の生き方
すべてを天に預けた
　無念無想の　心肝が
隠されているからである

生半な僕には　真似することのできない
　直向きな生き方
微動だにせぬ　伝来の覚悟に
裏打ちされた
蟠りのない
胸中

侘助*

無口
喜怒哀楽の表情に乏しい　不器用な植物
切り取られた時に着いた傷の名残か
純白《しろ》より白い花弁の一部に　茶色い縮み
　ケロイド……

無口
喜怒哀楽の表情に乏しい　忍耐強い植物
半ば捩じ切るように切断された　茎の痛みに
耐えているのか　憤怒《いかり》を抑えた己の内部に
　喰い込むように　頭《こうべ》を垂れて

無口
喜怒哀楽の表情に乏しい　廉潔な植物
　明日は散るのか　自らの
　　生命の限度を認識している　故老のように
黙って　散るのか

＊「侘助」は椿の一種。

第五部

かぜが…

かぜが
　吹いている

ひょろ長い皇帝ダリアが
　揺れている
あの　どっしりとした
　向日葵も揺れている

それを見上げる　僕の心も
　大きく揺れている
きな臭い煙硝のにおいに

戦争の怖さを知らない　薄っぺらな
　大臣の呼号に
昔の悪夢を　思い起こして
　激しく　揺れている

かぜが
　吹いている

（二〇一五年、安保法成立時に）

祈り

幾分なりとも
科学の恩恵に浴したせいか
「神」を信じることが出来ない
「仏」を愛することも出来ない
さりとて「神仏」のご加護を嘲り

科学の呼号に屈することも　出来ない
或る時、突然
広大な宇宙空間に拋り出された　我らは
いま　自然の脅威に曝されている
いつ襲い来るかも分からぬ
巨大地震に怯え
我らの驕りと　数え切れない尊い生命を
根底から洗い流した大津波の
再来を恐れている
そして我らが高々と頭上に掲げた原子の炎
その　制御し難い微粒子の反撃
《自己主張》に戦いている
我らは何時しか
科学というダイナマイトを手に入れ
これで自然という〝主〟を征服し得た　との

錯覚に陥っていたのだ
物の本によれば
いまから五十数億年後には
太陽も燃え尽きる　という
その時地球は　科学は　人間は……
自然の偶さかの寵児に過ぎない
我らにとって
いま成せる事は一つしかない
それは祈りだ
自然の彼方にある
捉える事のできない不可思議な存在
生々流転の法則を支配している　畏怖すべき空間
然う　広大無辺な宇宙空間の総てを　包み込んで
いる　大いなる〝精気〟
意力に対する

敬虔な祈り

懺悔！

（二〇一二年三月）

選詩集『虚空のうた』（二〇一七年）抄

仕組み

粗暴極まる夏の日差しに
辟易している
農家の庭先
何処へ赴こうとしているのか
柔順そうな雌鶏が一羽
眼前を横切っていく

その白い
艶やかな羽並みのなかに
どのような仕組み　装置が隠されているのか
彼女は啄む
踏めばあの青い

身の毛が弥立つ体液が飛び出してくる
無気味な芋虫

やがて彼女は　あの肉感的な
小さな腰を屈めて
何かを落とす
半ば怪訝そうに見詰める
　僕らの臓器に入って
鮮潔な肉塊を形成していく
滋味ある養分……

然う　あの円やかで
　暫時人々の心を和やかにする
従容たる卵生！

鉄塔物語

（その一）

雨の日もある　晴れの日も
素肌に焼き付く　かんかん照りの日
粗い肋骨みたいな　胸部を貫く
　寒風の日も

そんな気紛れ極まる日々の　嗜虐な行為に
取り立てて争《あらが》う素振りも見せず　お前は立ってい
る
太い何本もの送電線を　細い　流麗な
　麒麟のような四肢で支えて
只管　己の任務に忠実であろうとしているかのよ
うに

虚空を見ている
そして（噫　そして…）
見ればそんな生一本なお前の心を弄ぼうとしてい
　るのは　名もない鴉
いつ飛び去ってしまうかも知れない　無情な鴉だ
鴉は　お前が拡げた両腕《かいな》の上で
　スキップしながら　お前に尋ねる
――辛くないか　と見下すように
するとお前は　身動ぎもせず
　優しく応える
野を超え山越え佇立している　無数の僚友《とも》らの
　安否を伝えてくれる君らがいれば
　　大丈夫だよ　と
慈しみの　思いを込めて……

それを聞いて　鴉は
　飛び立つ　恥ずかしそうに
紅い夕日のなかへ　従容と消え行く
寡黙な送電線の　陰翳《かげり》を辿って

（その二）

鉄塔は知らない
自らの支える送電線のなかを流れる　電流の心
その密やかな　目論見の在り処を……

虫の声

ＮＡＳＡが　史上初の暑さ
　と報じた夏も　終わりに近付いたのか

涼を取るため　開けておいた寝室の窓を通して
夥しい虫の声が飛び込んでくる
　蟋蟀　鈴虫　松虫　轡虫……？
然う　それは表の暗い這い蹲った世界に
懸命に何かを叩き付けているかのような
　激しい鳴き声

物の本によれば
虫は　異性を求めて鳴くのだという
あの虫たちも　己の子孫を残すため
地球の果てのはてまで　届けといわんばかりに
　鳴き叫んでいるのであろうか
そんなことを考えながら
すでにその種の役割を終えた
　蟬の抜け殻みたいに　空疎な私は
いつしか深い眠りの底に落ちて行った

――明け方（正確にいえば〝鶏鳴〟……）
泌尿器の異常な哮りに夢寐を追われて　眼をあけ
ると
目的を達成出来なかったのか
　虫たちの声は　まだ続いていた
聞き耳を立てると　憐れにもその声は
丁度　重い荷物を背負った　敗退者らの呻きのよ
うに
途切れとぎれに響いてくる

何が待ち構えているかも知れない　おぞましい明
日
いや今日という区分に属する　慌ただしい時間を
抱えた腺病質な私は
また無理にでも　狭隘な眠りの淵に潜り込まねば
　ならないと考えているのに
あの声は（半ば精力を使い果たしてしまったかの

ような　心寂しい声は…）
これからも　儚い私の微睡の蔭で
過酷な使命に殉じた奴僕、—生きとし生ける者ら
　の嘆きのように
続くのだろうか

そしてもし　今日その望みが叶えられなかった場
合
明日　明後日　明々後日　弥の明後日　というよ
うに
何処に潜んでいるかも知れない　見知らぬ相手
　つれない同伴者を求めて
鳴き叫んで行くのだろうか

あゝ　心無い　造化の神に対する
　恨みの言葉一つ吐く事も出来ずに　孤独な秋を
　　懐に邪虐な殺意を秘めた　透徹した秋を
生きて行くのだろうか

年を取る

年を取れば　年の功で
何でも分かるものだと
　思っていた　しかしそれは
大きな間違いであることが　この年になって
　初めて分かった　つまり　年を取るということ
は
これまで夢想だにしなかった辛酸　苦難な生を
　生きて行くこと　だったのである

腰痛　夜間頻尿　歩行困難　体力減退　高血圧
　等々
現代医学ではどうすることも出来ない宿痾　業病

に取り付かれている私は
それにどう対処していったらよいのか
日々　悩み苦しんでいる
そして　時に体操をしたり　時に散策をしたり
　時に太極拳に足を踏み入れたりしながら
失われた気力　体力を取り戻そうと努力している
　のだが
結局は迫りくる終焉　衰亡の威力には逆らえない
　でいる　というのが
実態である

——年を取る　ということは
とどの詰まり　諦めの術を学び取ること
　なのかも　知れない
これまで　蔑みの眼で見詰めていた〈諦観〉とい
　う概念
私は今それを　委縮し始めた脳髄　海馬の口から
　出したり引っ込めたりしながら
いかに無理なく　いかに美しく
　この身に纏って行くかを　考えている
年を取る　ということは
所詮新たな経験　昏迷の海を
　わたり行くこと　なのである

未刊詩篇

旅

旅に　出る
行方　知れない
　旅に出る
辛い　八十路の
　旅に出る
痛みと　喘ぎを抱えた
　旅に出る
尖った　石塊だらけの
　径を行く
いつ　墜ちるかも知れない
　岨を行く
墜ちて　脳髄が飛び出た骸軀《むくろ》を胸裏に
　旅を行く
か細い　意気地を頼りに
　旅を行く
独り寂しい
　旅を行く
蹣跚めく覚悟の
（果敢無い　思念の…）
　旅を　行く

老いの呟き

生きる
　そして
死んでいく　それが
この世に生を受けた　僕らの運命《さだめ》――

だったら
生きている間だけでも
　誠実に生きる　〝一所懸命に〟
　　腹這い進む

気負わず　焦らず　躊躇うことなく
戦争と貧窮　疎斥に裏打ちされた
　拉げた存在　その取るに足りない
　　細やかな理念　意望を大切に……

誰のためでも　ない
　自分のため
死に臨んで　見苦しい弁明の言葉
慙悔の吐息など　漏らさぬように

エッセイ

田中春夫君のこと　思い出(1)

子供の頃、私は埼玉県大宮町（現さいたま市）のとある長屋に住んでいた。木造平屋建てのその長屋にはあまり裕福とはいえない人達が住んでいて、米や味噌醤油を貸し借りするような生活を営んでいたが、その中に我々と生活様式を若干異にする家族が混じっていた。それが田中君一家だったのである。

田中という名字だけを見ると私達と同じ日本人のように思えるが、その実田中家の人々は朝鮮から渡って来た人達で、当時の日本ではまともな職業に就けなかったのであろう、人も蔑む汚穢屋で生計を立てていた。いつも何かをじっと堪えているような頑丈な体付きをした田中家のご主人が、大きなリヤカーに天秤棒と肥桶を積んで長屋の前の路地を行き来するのをよく見掛けたものである。

その田中家の長男に春夫君という男の子がいた。春夫君は私と同じ小学校で、多分私より二年ほど年下だったように思う。日本は当時太平洋戦争の真っ直中で、学校でも日本民族以外は人に在らずというような極端な教育が行われていた。いかに子供とはいえ、彼は相当肩身の狭い屈辱的な生活を送っていたのではないかと、私は思う。

しかし彼は、たとえ学友の誰かが彼の傍を、鼻を撮んで通るような仕種をしたとしても、決してそれに腹を立てるような事はしなかった。寧ろそれを見返すように彼の学校での成績はいつも優秀だったし、恒例の運動会の走り競争では、大抵二位以下を大きく引き離してゴールしていた。

昭和二十年（一九四五年）八月、〝神国日本〟は連合国の物量と結束の前に敵無く敗れ、その翌年の四月、桜で有名な大宮公園では近来にない賑やかな花見の宴が催された。そこで私は、これまで見た事もない異様な光景を目撃したのである。それは、広大な公園の敷地を埋め尽くした一般の人々に混じって、肩を組み太鼓を打ち鳴らしてアリランを踊る朝鮮の人々の一群であった（本書九一頁参照）。その動きは恰も、喜びに溢れて大海を渡る幾重もの波頭、うねりのように私には思えた。

それから暫くして田中さん一家が朝鮮へ帰るという話があり、親しくしていた長屋の人たち数人が駅まで見送りに行くことになった。同行していた母の話によると、その時春夫君は挨拶している家族と離れて、誰もいない駅のプラットホームの外れを一人で行ったり来たりしていたそうである。

爾来六十有余年、春夫君たちが朝鮮の南北いずれへ帰ったのか私は知らない。が、民族を二分するようなあの不幸な戦争を経て、春夫君達はいま何処でどのような生活をしているのだろうか、と時折なぜか思うのである。

（二〇一一年六月、詩誌「晨」第三号掲載）

もう一人の自分

思い出(2)

小学五、六年生の頃、僕には佐藤君という仲の良い友達がいた。下校後、僕らは大抵僕か彼の家（自転車屋）で遊んでいた。

何をして遊んだのか覚えていない。覚えている事といえば、彼の母親から「いつも遊んでくれて有り難う」と、新聞紙に包んだ菓子や蒸かし芋を貰った事位である。

彼は、東京下町からの疎開者だった。最初の転校先では苛めに合い、止む無く僕らの学校に再転校してきたようだが、最初の学校では、級友達から、道端に落ちている馬糞まで食えと強要されたようである。そんな事もあってか、彼は然して頼り甲斐もない柔弱な僕に与して馴染んでくれた。

やがて、僕らも卒業を迎えるようになっていた。そんなある日、彼から全く予期せぬ事を打ち明けられた。

「僕、今度中学（旧制）へ行く事になったんだ！」

この言葉は、彼との間に何の隔たりも感じずにいた僕にとって、崖から突き落とされたような衝撃だった。当時の僕は、父を病で亡くし、進学は疎か、高等小学校へ行けるかどうかも分からぬ、惨めな状況に置かれていたからである。

以来、彼と僕の間には部厚い不透明な何かが挟まり、しっくりしない状態が続くようになっていた。

そんな彼から、「昨日、中学の教科書買ってきたんだ」と言われた時、僕は即座に、「それ、見せてくれない」といって、家へ持って帰った。そして、それを碌に見る事もしないで、床の間に積んで置いたのである。いや、最初は中学校の教科書の内容に興味があったが、一寸覗いて見て、とても理解不可能という事が分かったので、そのままにしてしまった、というのが本当の事ではないかと思う。

暫くして、佐藤君が僕の家を訪れた。

「あ、来たな……」と僕は思った。しかし、狭い庭の向こうの木戸の所で、遠慮勝ちに僕の名を呼ぶ彼の声を聞きながら、何故か僕の体はびくとも動かなかった。結果の重大性については充分承知していながら、締め切った障子の内側に寝転び、汚れた天井の染み模様をある種の快感、遊び心をもって眺めていたのである。その時僕は、殺伐たる僕の内部に、いつもの僕と全く違うもう一人の僕が棲み付き、采配を振るっている事に気付いたのだ。

数ヵ月後、街中の雑踏で、中学の制服を着た彼と偶然出合った。しかし、お互いに視線を合わせるような事はなかった。

中学に進みし親友《とも》の教科書《ほん》隠す
己が心に邪鬼棲むを見る

（二〇一二年六月、詩誌「晨」第五号掲載）

墓参

わが家のお墓は、JR大宮駅から歩いて五分か十分位の所にある。昭和十九年父が死亡した時、当時住んでいた長屋の大家さんの紹介で、永代貸与の形で借り受けたものである。当時は、墓参りの度にうら寂しい国鉄官舎の横や、不気味な庚申塚公園を横切って行ったのを覚えている。

父を葬ってから長い間、わが家のお墓には墓石はなく、狭い敷地の上には四寸角位の柱が立っていた。材料は木だから、すぐに根元が腐って数年毎に立て替えていた。

その原因は、家が貧しかったこともあるが、長男で当主の私の特異な思想形態にもあった。

私は、若い頃マルクス主義に傾倒していた。唯物論的見地から神や仏も信じなかったし、霊魂の存在も否定していた。従って、先祖の霊を供養するなどということは、何か幼稚で偽善めいた行為と考えていたのである。

いまから二十数年前、周りのお墓に比べて余りにもみすぼらしいのに気が引けていたのだろう、私の姉と家内が、私の名儀で黒御影の墓石を建ててくれた。これでようやくわが家の墓も、一人前の姿かたちで墓参に訪れる人を迎えることが出来るようになったわけである。

さて、猛暑だった今年の夏、次男夫婦の車に乗せられ家内共々墓参りに行った。盆の入りの前日ということもあって墓参の人は疎らだったが、息子夫婦は束子で懸命に墓石を洗っていた。

墓石には、「清水家之墓」という表書きのほかに父、母、兄弟の戒名と俗名、享年が彫られていたが、その名前の跡を辿りながら、私は亡くなった親族のことを一人ひとり思い起こすと同時に、間もなく私もその仲間入りをすることになるのだな、というようなことを考えていた。

　繰り返し言うが、私は霊魂というようなものを信じない。しかし、私の死後、私の遺族が私の骨の置き場所に困るようなことでもいけない。その場合、やはりお墓という施設（?）は必要不可欠な空間なのかも知れないというようなことを実感しながらである。

　私は今、毎朝仏壇にお茶とお線香をあげる。こんなことは、以前は全く考えられないことであったし、私の哲学的信念からすれば裏切りにも似たおかしな行動である。でも、今の私の心の中では、決して矛盾する行動とはなっていない。

　お線香をあげ鉦を叩く私の心中には、亡くなった親族達が思い出となって生きていて、私は仏壇という道具、トンネルを通って私の中の彼らに逢いに行くだけなのだ。

　屁理屈だろうか?


（二〇一〇年十二月、詩誌「晨」第二号掲載）

猫の餌場

　世を挙げてペットブームといわれている。猫或いは犬などを飼っている家庭は四軒に　軒の割合とか。現代人がいかに心の癒しを求めているかを示す数字として、注目に値する。

　ところで、私がこれから書こうとしているのは、同じ動物でも人々の温もりのある手からはみ出した野良猫に纏わる事柄である。彼らは、夏はフライパンのように熱した舗道を、冬は凩吹く路地裏を、これという当てもなく只管餌を求めて歩いている。戦中戦後の深刻な飢餓体験を持つ私には、何とも切ない光景である。

　そんな甘っちょろい同情心もあってか、わが家はいま野良猫の餌の置き場になっている。というのも、近所に猫好きなおばさんがいて、毎日夕方になると大きな器に魚肉を一杯煮込んで運んでくるのだ（彼女は近くのスーパーマーケットの魚屋に勤めている）。「ほーら、まんまだよ……」、これが彼女の猫集合の合図である。では、なぜわが家へ……。それには次のような経緯がある。

彼女は、わが家の前の集合住宅に住んでいる。そこでは動物は飼ってよいが（但し、その分家賃に加算）、環境衛生上敷地内で野良に餌をやってはいけない。そこで白羽の矢が立ったのが、駐車場を挟んで在るわが家の狭い敷地である。そこならいかに大家といえども文句は言えまい。彼女は同じ猫好きの私の家内を抱き込み（私は自分の家内に猫好きの素質があるとは終ぞ知らなかった……）、ここを格好の餌場として活用し始めたのである。

しかし意外な事に、彼女に餌場を提供してから、世間知らずな私たち夫婦は様々な出来事に遭遇する羽目となった。

まず程なくして、常連のように毎日来ていた猫四匹が突然見えなくなった。翌日近所の家の床下で死体となって発見されたのである。

これは、野良猫の存在を快く思わない誰かが、密かに毒を盛ったとしか考えられない大変衝撃的な出来事であった。また時には庭を持つ近所の家数軒から次々と、猫が芝生に糞をして困る、餌を遣らないで、と苦情を申し込まれた事も……。

でもこれらの経験は、愚かな私に一つの教訓を与えてくれた。それは、人間はその立場立場で夫々違った考えを持つものだという事である。生きて行くためには、他人の事も考えなければ……。

しかし、そうは言っても今更彼女の餌遣りを断る訳にもいかない。

「野良だって生きている。生きている以上餌は必要！」という単純明快な彼女の言葉に反論する有力な根拠を持ち合わせていない、からだ。

（二〇一〇年二・三月号、文藝家協会ニュース「会員通信」欄寄稿）

「人身事故」？

出不精な私は、めったに電車に乗らない。何か用事があって出かける時も、一駅か二駅位の距離は自転車で済ませる。

そんな私も、たまには東京へ出かける。そのような時、この頃決まって目にするのがホームの電光掲示板による〝人身事故〟・列車遅延の知らせである。出好きな私の家内の話では、日に二件や三件の時もざらにあるとのこと。

しかし、たとえ駅の表示が「事故」となっていても、そんなに事故が続くはずはない。それは、その殆どが〝自死〟、――所謂飛び込み自殺であることは間違いなさそうである。

それにしても、ここ数年、自殺者の数が何と多いことか。報道によると、十二年来、年間三万件を下らないという。月平均二千件以上!! そんな数を見るにつけ、折角生まれてきたのに何故殊更に死を選ばねばならないのかと考えざるを得ない。そこには貧困、病気、失業、多重債務等々、自分一人の力では解決できない深刻な問題があるのは確かなようである。

早くから父を亡くした私も、様々な辛酸を嘗めながら少年期を過ごした。しかし貧乏、無学歴からくる劣等感、疎外感等に苦しみながらも、何とか今日まで生き延びてこられたのは、何時でも、何処かで、身近な人々の助けがあったからのような気がする。

しかし、今の社会は、そんな甘っちょろいものでは無いのかも知れない。情け容赦ない首切りや合理化が進み、団地やマンションでは隣同士挨拶もしないような稀薄な人間関係の中では、落ちたら最後、自分の身は自分で始末するよりほかないのかも知れない。

その原因追求はまたの機会に譲るとして、今私の脳裡にあるのは、一体これからの社会はどうなるのだろうということである。

毎朝犬の散歩をしながら、無邪気に通学する学童らの姿を見るにつけ、これからの社会を生きてゆく彼らの行く末を案じざるを得ない。一体自分はこれまで何をしてきたのだろう、という自責の念に苛まれながら……。

（二〇一〇年六月、詩誌「晨」創刊号掲載）

故伊藤桂一先生を偲んで

詩人・作家伊藤桂一先生が、昨年十月二十九日亡くなられた。享年百歳（満九十九歳）、長命である。

私が先生にお目に掛かるようになったのは、今から二十数年前、文芸美術健康保険組合の会合でである。先生は日本文藝家協会を代表されて、私は日本美術家連盟の事務局長として出席していた。

当時私は、若い頃から書き溜めていた詩を何とか出版できないかと考えていたので、先生と二人でお話出来る機会に一寸ご相談してみた。すると先生は、「一度見せて下さい……」とおっしゃられ、その後お会いした時に「私が一筆書けばいいんですね」と言われて、出版社までご紹介下さったのである。そんな形で私の処女詩集の出版はとんとん拍子に進み、完成した暁には、先生は本の贈呈先のリストまで用意して下さったのである。

この私を、全くの素人と見ての至れり尽くせりのお心遣いに只々恐縮していた私は、同時に、先生が執筆して下さった序文「ユニークな美術的効果」に、これまで私が意識したことのない私が紹介されているのを見て、吃驚したのである。例えば、拙詩「蟬声」を引用しながら、「…具象的で色彩感のある部分が併用されていて、相乗効果を挙げている。つまり、絵画のモチーフを詩にしている面白さ。この手法によって、詩語は、手垢のつかない、微妙に新鮮な魅力をもってくる。詩語が絵具の役目を帯びている気がする。」といった具合である。私はこれを見て、文筆家の眼光の鋭さに驚かされた。何か、背後の背後まで、見透かされているような気がしたのである。

その後私は、先生が指導されている詩の同人誌に入れて頂いたり、先生が講師をされている荻窪の小説作法講座で勉強させて頂いたりしたが、それらの経験を通して私が知ったのは、私が先生から頂戴した身に余る親切は、強ち私一人だけのものではなかったということである。

先生は、頼みとする人には誰彼の区別なく親身になってお世話なさっていたようだし、荻窪の教室でも、作品を提出した生徒には、一人ひとりメモを渡されて、時には自らの体験を交え乍ら丁寧に批評して下さっていた。

そこには、本業である文筆活動は固より、実生活の面でも、弱い者に寄り添いながら生きようとする、真摯な仏教徒の生き方の一端があったように、私には思われる。

なお、先生の生き方は常に前向きで、「私は、百歳まで生きる!」が口癖だった。衷心より、感謝申し上げると共に、ご冥福をお祈り申し上げます。

（二〇一七年六月、詩誌「晨」第一五号掲載）

私の『改訂版』顛末記

俗に、「第一詩集に勝る詩集なし」と言われている。第一詩集には意図せずしてその人の資質が現れていて、たとえ技術的には未熟さ稚拙さがあったとしても、その人特有の純粋さが読む人の心を惹きつけるからであろう。

私は、仕事の関係で六十四歳の時に第一詩集を出すことが出来た。しかし刊行後暫くして、それを読み返して見て愕然としたのである。それは、表現の未熟さ拙さ貧しさの集積だったからである。そうは言っても、私にとってこの詩集は捨て難いものであった。そこには、飾ることを知らない、直向きな自分の姿があったからである。

また、私が詩を書き始めた二十歳代中頃は、サークル詩全盛の時代で、モダニズム＝リアリズムが横行していた。私は何故かそれに馴染めない自分を感じて、密かに自分の内面を率直に表出する方法を模索していた。詩集には、その時の心意気のようなものが顔を覗かせていたからである。

私は、これは大事にしなければならないと思った。そして、何時かこれに手を加えて、もう一度多くの人にみて貰いたいと思ったのである。それから私の悪戦苦闘が始まった。その時、私が意に決したものがあった。それは、発想当初の思いを損ねることなく、それを最大限生かす形で表現し直すということである。

しかし恥ずかしながら『改訂版』刊行後も、納得出来ない作品はある。その代表格が嘗て上野駅構内で見かけた疲弊した労働者の姿を描いた作品、「出稼ぎ」である。

疲れ切って男がぶっ坐りこんでいる／甲高い唸りをあげて回転している都会の裏側／心無い時間の手垢に汚れた駅構内の電車の隅に／そ奴は恰も逃れでてきた虜囚のようにその軀《み》を落とし／仮眠を

摂っている〃――洗い曝した野良着のような／それでも丁寧に継ぎ当てられている木綿の作業着／その粗い無口な粘土を随所に付けたズボンのうえに／食みでた失意のような両手を投げだし／頸を垂れている〃見ればあの悍しい貧窮の餌食となった脳髄みたいに／皺に埋没している厳つい面貌／その張りも光沢《ひかり》もとんと見えない皮膚の奥から／このよの仕組みに対する露わな憤怒《いかり》／無数の太い鬚髯《ひげ》を生やして……

三連四行目の「このよの仕組みに対する露わな憤怒」の「露わな」という言葉をどのような言葉に置き換えたらよいのか、半ば使い捨て同様の扱いを受けている出稼ぎの心情を掬い取るにはどの様な視点が必要なのか、今以て探し倦ねているという状態である。

噫、完璧な形での『再改定版』は、一体いつ頃陽の目を見る事になるのであろうか。

（二〇一四年六月、詩誌「晨」第一〇号掲載）

私の憧れ
――「若き詩人への手紙」

詩人ライナー・マリア・リルケが、二十歳に満たない詩人カプスに送った手紙。そこには、詩人たろうとするものが守らねばならない、幾つかの心構えが記されている。その内、五十数年前の私が、最も感銘を受けたのは次の言葉だった。

「審美的、批評的なものは出来るだけ読まないように…」

「自らの内部へとお入りなさい。あなたに書けと命ずる根拠をお究めなさい。」

「芸術作品は、それが必然から生まれたものならば、よいものです。」

（中村ちよ訳）

私は、リルケの言葉に応えられる程、芯の強い超俗的な人間ではない。だからこそ、斯かる純粋で到達不可能な世界に、今以って少年のような儚い憧れを、持ち続けているのであろうか。（引用文、彌生書房『リルケ全集』より）

（二〇一七年六月、詩誌「晨」創刊第一五号記念特集「私の一冊」欄寄稿）

歩く

ひとは誰でも乳児期を過ぎれば歩く。歩いて幼稚園へ行き、歩いて学校へ行き、歩いて勤め先に赴く。当然のことながら、私も歩いて学校へ行き、勤めに行っていた。だがある時（今から三十数年前）、勤務先からの帰り、駅から自宅へ向かう途中、突然左脚に異常を感じた。おかしいなと思って立ち止まってみると、左後ろの腰の辺りから脹脛にかけて、痛みというか痺れ、いや突っ張りのようなものが感じられたのである。そこで私は、近くにあったベンチ様のものに腰かけ、痛みが去るのを待って我が家へ向かった。その間約十五分。以来、それが私の帰宅途中の日課となったのである。

しかしこの病状は、この程度で済むものではなかった。やがて長く立ち続けていたり、高所に手を伸ばしたりすると腰に痛みが走るようになり、一度に歩ける時間も十分から七、八分やがて五分位へと徐々に短縮されていった。そこで已む無く私は医師の診察を受けたのだが、その結果、腰部脊柱管狭窄症と診断され、コルセットを着用する羽目となったのである。

だが、あの物々しいコルセットをしたからと言って、病状がよくなるものでもなかった。医師は最終的には手術を勧めたのだが、その結果もし下半身が動かなくなったら困ると思い、当面腰の筋肉を鍛えるストレッチ体操をしながら、腰痛とお付き合いをして行くことにしたのである。

幸いなことにこの病気は、自転車でならどこへでも移動できるので、近隣への買い物や医者通いなどはそれで済ませていた。

ここで私は、「幸いなことに」と言う言葉を使ったが、それは決して適切な言い回しではなかった。つまり歩く事を億劫がり、総てをあの快適な電動自転車で済ませてきた報いで、或る時足腰の筋肉が大分弱ってしまったように感じられたからである。そこでもう少し生きるためには何を措いても足腰だけは鍛えねばと思い、一昨年あたりから朝の散歩を始めたのだが、驚いたことに、全くと言っていい程歩けない。百メートル行っては立ち止まり、また百メートル行っては息継ぎをするといった具合で、なかなか前へ進めない。それも、腰の痛みと衰退した肉体の喘ぎを、前に突き出した前額部で押し退けおし退けしながらである。

昨今の異常な暑さを避けながら、私は今もこの〝苦行〟を続けている。そして、この私の体を疾風のように追い越してゆく多くの若者たちの姿を見るにつけ、難なく歩ける事の仕合せを、今更ながら思い知らされているのである。

（二〇一六年十二月、詩誌「晨」第一四号掲載）

私のスクラップ

一九三二（昭七）年生まれの私は、今年七十九歳になる。何がなんだか分からぬままに、無我夢中で生きてきた己の過去を振り返ってみると、そこには大きく分けて三つの異なった時代の流れがあった事に気が付く。

一つは軍国主義全盛の時代。そこでは、純情可憐な少年だった私は、万世一系の天皇は神であり、神国日本の民族は世界で最も優秀な民族だから誰が攻めてこようと決して負けることはない、と教えられて大きくなった。

二つ目は戦後。私は少年期から青年期に達し、周囲や社会の動きに敏感に反応するようになっていた。そして、戦後の混乱と貧困、それに戦中の天皇制・軍国主義教育に対する反動から、当時の日本の社会情勢に大きな影響を与えた社会主義思想に共鳴し、その実現に限りない未来を夢見るようになっていた。それは、半ば信仰に近いようなものであった。

さて、三つ目の現在であるが、それは一九八九年のベルリンの壁の崩壊から始まった。一九一七年の労農国家ソビエト政権成立以来、その思想は第二次世界大戦の試練を経て東欧やアジアに広まり、地球を二分する一大勢力圏を形成するまでになっていた。その磐石ともみえた社会体制が、スターリンの死後、スターリン批判やベルリンの壁の崩壊を経て、一九九一年のソ連邦の消滅へと見るみるうちに眼前から消え去ってしまったのである。これは、貧困や不条理、戦争からの脱却を夢見て生きてきた私にとって、一九四五年の日本の敗戦と同様、正に青天の霹靂であった。そして自らの思想・世界観をもう一度問い直してみなければならない一大事件だったのである。

以来私は、自らの思想の形成過程のどこに問題があったかと言うことについて考えてきた。その結果、当然のことながら一つの結論に達したのである。それは、この複雑な世界の動きのなかで、私は全くといってよいほど実際の世界の構造、動きについて無知であったと言うことである。更に言えば、自らの身体、脳髄を使って考えると言うことをしてこなかった、ということである。

これは、戦中戦後を通じて真面な教育らしい教育を受ける機会がなかった私にとって、当然の結果と言ってよいのかもしれない。しかし、そうとばかり言って済ませる問題ではないのである。

私は現在遅れ馳せながら、新聞や雑誌のスクラップの山の中に埋まり押し潰されそうになりながら、世界とは何か、人間とは何か、その未来・真実はどこにあるのかを捜し求めて奮闘し始めたところなのである。

（二〇一一年十二月、詩誌「晨」第四号掲載）

老いの繰り言

本年十月、私は満八十歳を迎えた。

人生八十年といえば、決して短いものではないが、振り返って見ても、何ひとつ誇れるものはない。あるのは、数々の慙悔と見苦しい足掻きの跡のみである。

いや、それに加えて特筆すべきものがもう一つある。それは何かというと（一寸恥ずかしい話で言葉にしづらいのだが…）、それは、これまで全く予想だにしなかった活力の減退と、身体の衰えである。それが恰も、人生最後の贈り物でもあるかのように、私の眼前に麗々しく並べられていたのである。そして、それに併せて、信じられないような気力の減退・精神の衰耗のようなものが、皺だらけな私の内部に貌を覗かせていたのである。

私はこれまで、肉体と精神・気力とはまったく別のものだと考えていた。健全な精神は健全な肉体に宿る、という有名な言葉は知っていたが、偉業を成し遂げた数々の先人たちの生き方を見るにつけ、肉体は衰えても気力や精神はそれを乗り越え前進し、ますます輝きを増すものだと考えていたのである。そして、自分もそう在りたいものだと密かに願っていた。しかし私の場合、そうはならなかった。凡夫の凡夫たる所以であろう。

翻って、私の意識は現在、少年時代一度行ったことのある与野の「二度栗山」*（標高一二・九メートル）の頂きに立っている。

そして、遠い過去でも顧みるように、登り来った方を振り返って見ると、そこには、これまでの若い力に裏打ちされた倨傲な世界観・人生観・死生観の残骸のようなものが、転々と転がっていたのである。

また更に、反対側の下り行く方を伺って見ると、これから何処へ、どう降りて行ったら良いのかも分からぬ愚かな老残の戸惑いの陰影《かげ》が、競い合う雑草の揺らめきのなかに悄然と映し出されていたのである。

あゝ、私はまた何も知らない赤子のように、一から（然う！　乳房を吸い取ることから…）学び直さねばならないのだろうか。

＊「二度栗山」＝埼玉県さいたま市新中里、弘法尊院の敷地内にある小さな丘陵。現在は、住宅街に囲まれて見る影もない。広大な関東平野の一角に生まれ育った私の記憶の中にある、唯一の山らしい〝やま〟。

（二〇一二年十月、詩誌「晨」第六号掲載）

己が関門

この頃何故か詩が書けない。いくつかある研究会に顔は出すのだが、新作がないので旧作に手を加えて提出し、誤魔化している。

元々多作な方ではなく、自らが抱えているテーマを温めながら、そこから出てくる幾つかの言葉を寄せ集めて骨格を形作って行く手法を取っていたのだが、最近はそのテーマすら浮かんでこない。つまり、詩を書こうとする気力すら湧いてこないのだ。

勤めを辞めて彼此二十年、よしこれから又頑張るぞと許りに再開した詩作だが、積もりに積もったテーマも出尽くしたのか、私の心は今道端に放り出された空き缶のようにがらんどうである。

何故この様なことになったのか、考えて見れば思い当たることがない訳でもない。それは老齢である。年を取るに従って、体力気力が衰え、何かに立ち向かって行こうとする気魄が薄れてくる。ある意味これは当然のことであり、やむを得ない現象と言ってもよい事だと考えている。しかし、そうだからと言って、それで片づけられる問題ではない。何故かと言えば、そこには詩を書く人間にとって最も根本的な問題、心の持ち方そのものが問われていると思うからである。

数年前、山本十四尾氏が主宰する『詩姿の原点』に乞われて寄稿した事があった。それに私は次のように書いている。

「私の詩は、少年時代の生活（戦争、貧困）から醸し出された思想、感情（情緒）の言語による表白、イメージ化に他ならない。イメージ化の基盤は、伝承され、無意識のうちに固有化された私独自の美意識、資質にあるのではないかと思っている。」

何と言う誇りと確信に満ちた言葉であろうか。しかしそれに比べて、現在の私の胸中は空疎そのもの。右のような意識は、すでに遠い過去のものとなっている。

何故か。それは恐らく、これまで経験したことのない狂妄な老いの波濤に呑み込まれ、慌てふためいているからであろう。日々体験している喘ぎや痛苦に打ちのめされ立ち竦んでいる間に、私を支えてくれていた大事な詩魂が、何処か遠い所へ引っ越してしまったからである。

これからの私は、自からの喜怒哀楽の感情・欲望と素直に向き合いながら、迫りくる終焉の時期に立ち向っていく理性と気力・活力の涵養に勉めなければならない、のだと思う。

諸賢の、ご指導ご鞭撻を希う次第である。

（未発表作品）

鬆大根

私の詩は、少年時代の生活（戦争・貧困）から醸し出された思想、感情（情緒）の言語による表白、イメージ化に他ならない。イメージ化の基盤は、伝承され、無意識のうちに固有化された私独自の美意識、資質にあるのではないかと思っている。

私の美意識の質は単純素朴、よく言えば純粋性の追求ということになるのではないかと思っているが、文学的というより美術的要素が濃厚なのではないかと考えている。詩における漢字の多用は、物事すべてを視覚的・論理的に捉えようとする私特有の性癖なのではないだろうか。

詩には、時の要請に基づく様々な様式があると言う。

しかし私は、それには殆ど無関心と言ってよい。自らの詩の特性を如何に深めることが出来るか、そこにこそ私の詩作の目的があるのである。

*

右は、山本十四尾氏の要請に基づき、氏が主宰する「詩徒が学びたい90人の詩姿」（二〇一四年）に寄稿した私の「詩姿」の全文である（一部「己が関門」で引用）。

いま読み返してみると、随分鯱張っているような感じを受けなくもないが、書かれていることは、間違いなく私の詩観そのものである。

小学五年生の時に父を亡くした私は、その後敗戦・戦後の混乱期を筆舌に尽くし難い貧困のなかで過ごしてきた。そして、様々な人間の生き様を目の当たりにしながら、多感な青年期を迎えたわけだが、その間に培われた思想・感情が、その後の私と言う存在の根幹を形作っていると言っても過言ではないのである。そして私は、それを基準に外界と向き合い、詩を書いてきた。その痕跡が、細やかながら何冊かの詩集として残されている。

この程、とある事がきっかけで、それらの物を読み返してみた。すると驚くべき事に、それらから受けた感想は、当初私が予想していたものとは大きく違い、鬆の入った大根でも齧らされているような感じがしたのである。

それは何故だろうと思いながら、さらに深く読み返してみると、薄々予測していたものが見えてきたような気がした。恥ずかしながら申し述べれば、それは各詩篇のテーマ・物語に対する突っ込みの足りなさ、テーマの真髄を抉り出す剴切な言葉、私固有の言葉の不在だったのである。

私はいま考えている。私はまだ詩作と言う長い険しい過程の、ほんの第一段階に立っているのに、過ぎないのだと。

（二〇一七年六月、詩誌「晨」第一七号掲載）

冷や水

第二次安倍政権が発足していらい、なにかと不安でせわしい状態が続いている。

「戦後レジームからの脱却」をスローガンに、経済優先策アベノミクスを梃として、憲法改正（改悪）を睨んださまざまな動きが急ピッチで進められているからだ。

戦中戦後の混乱期を通り越し、ようやく静かな時を迎えられるかなと思っていた矢先の出来事である。

東日本大震災に伴う福島第一原発の大事故、その処理も進まぬうちに着々と進められている原発の輸出と再稼働の動き、また集団的自衛権の行使をめぐる閣議決定や、アメリカの要請を先取りしての自衛隊の海外派遣を狙った安全保障法制の構築、はたまた沖縄の普天間基地移設に伴う諸行動など、その総てが安倍政権一流の姑息で強引な手法で押し進められている。

では、その動きの特徴は何かというと、それはこれまで経験したことのない権力による民意の明白な蹂躙、民主主義的ルールの破壊である。

まず、異次元の金融緩和策アベノミクスを進めるに当たって執った日銀総裁の首のすげ替え、これは多くの識者が危惧する日銀の独立性を侵す重大な問題であった。

次いで、国民世論の大多数が反対している原発輸出と再稼働の問題、これも自然災害の危険性や放射性廃棄物の処理に関する諸懸案をそっち退けにして、再生エネルギーの不安定性を口実に着々と進められようとしている。

さらに、国民的な議論を回避する形で進められている自衛隊の地球規模での派遣の法的体制作り、また米軍基地の重荷に苦しむ沖縄県民の反対を押し切る形で暴力的に、粛々と実施されている辺野古の埋め立て工事等々……。

しかし、ここで私が問題にしたいのはこの事だけではない。それに対して、何ひとつ有効な反撃手段を持たない私たち日本国民の政治的な意識・力量の弱さ、それについても私たちはいま真剣に考え直して見なければならないのではないか、と思うのである。

でなければ、近い将来日本の自衛隊は、文民内閣総理大臣安倍晋三閣下の指揮の下、世界制覇の夢・実力に陰りが見え始めている米軍の一翼・二軍として地球の果ての果てまで進撃しなければならないであろうし、国民は唯黙ってそれを見過ごしていなければならないであろう。

そのような事を考えるとき、私たちはいま、戦後勝ち取った民主主義的な諸権利（デモやストライキ等を含めて）を武器に、もう一度立ち上がらなければならないのではないか、と思うのである。

「年寄りの冷や水」、というものだろうか。

（二〇一五年六月、詩誌「晨」第一一号掲載）

私のなかの天皇

私はいま、一昨年さいたま市内で開かれたある集会に参加した時のことを思い起こしています。

それは、「皇室典範と皇位継承問題を考える県民の集い」と銘打って幾つかの団体が共同で開いたもので、当時の野田内閣が進める女性皇族が皇族以外の方と結婚しても、皇室を離れなくても済むよう皇室典範を改正しようという動きに対して、万世一系である男系継承の伝統を守るよう訴えるものでした。

なぜそんな集会に参加したのかというとそれは全くの偶然で、偶々会場の前を通り掛った時、前述の看板が目に飛び込んできて興味を引かれたからに他なりません。私達はそこで、「二千六百年以上続く世界最古の伝統」という言葉を何回も聞かされた上、大会決議文採択後、全員起立しての天皇陛下万歳を三唱させられたのでした。

　私は少年時代、「紀元二千六百年」とか「万世一系」という言葉を嫌というほど聞かされました。同時に、天照大神の子孫である天皇は、現人神《あらひとがみ》であるとも教えられてきました。沿線住民の私達は、御召し列車が通る度に線路際に並ばされ深々と拝礼させられました。佩剣した警察官からは、列車が通り過ぎるまで絶対に頭を上げてはいけないと命じられたのです。

　それから一九四五年の敗戦を迎え、天皇が〝人間宣言〟を発表してGHQのマッカーサー元帥と握手したのですが、その時初めて、磐石と言われたこの世の中も、案外呆気無く変わるものだということを実感したのでした。

　その後現在の天皇に代が変わったのですが、その天皇の行動を報道等で知るにつけ、天皇という仕事も大変なんだな、と考えることが屡々ありました。それは、国事行為以外の殆どは災害等で苦しんでいる国民への慰問と、膨大な戦争犠牲者の慰霊に当てられているように思えたからです。そしてそこには、A級戦犯が合祀されている靖国神社には参拝しないという象徴としての芯の強さもあって、天皇の胸中深く秘められた決意（それは、先代が背負わされた〝罪過〟への償いであるのかも知れない…）の程が偲ばれるからです。

　それに比べて本集会を開催した団体や、現在の安倍政権を支える人々の言動には、そのような謙虚な姿勢が微塵も見られないばかりか、あわよくば天皇の存在を利用して、日本をあらぬ方向へひっぱって行こうとする企みがあるように思えてなりません（例、昨年四月、沖縄県民らの反対を押し切って開かれた政府主催「主権回復・国際社会復帰を記念する式典」に天皇皇后の出席を要請）。

〈日本は天皇がいなければ成り立って行かない〉という言葉をよく耳にしますが、それは篤と考えて見なければならない危惧すべき言辞だと思っているところです。

（二〇一四年六月、詩誌「晨」第九号掲載）

解説

命への情愛を裏支えにしての現実への仮借ない批評性

高橋次夫

清水榮一さんのこの詩集の念校ゲラ刷りを通読してまず思ったことは、まさしく清水さんならではの独自の世界に満ちていたことである。それは年譜の構成の仕方にまで如実に現れていた。年譜には私の名が二度登場してくるがその切っ掛けが記されていない。伏せたわけではなく、記すほどではないと清水さんは考えたのだろう。二〇〇三年、清水さんは石原武さんが会長であった埼玉詩人会の理事に就任されている。その同じ時期に私も理事に就いたのであったが、それが清水さんとの初めての出会いとなったのである。清水さんはそうした〈役〉を表に出そうとはしない。それが彼の信念なのであろう。さらにもう一つ、第一詩集『きしみ』の全面改訂版を二〇〇七年に出版している。本書のエッセーのなかに「私の『改訂版』顚末記」が収録されているが年譜にはその記述がない。改訂という思いから記述を敢えて避けたのかもしれない。だが私の考えからすると、大枚を懸けての改訂版出版はただならぬ決意と覚悟が求められる筈である。それを、完璧を期するために決行した意志の特異性が清水さんであり、それを年譜から外すさりげない心情がまた清水さんなのである。この大変な思いの籠められた改訂版を読ませて頂いたあと私は書評を兼ねた短い「清水榮一論」を書いた。今回の解説の一文としてその拙稿を再録させて頂き、その後に清水さんの現在に至る詩への思いを付記することとしたい。

＊

この稿を起こすに当たって先ず稀有な詩人清水榮一氏との出会いの頃に遡らなければならない。というのもそのときまで私は清水榮一という詩人の名前さえ知らなかったからである。そしてまた特異な詩形を掘り下げてゆくにはそこまで戻って詩人の生い立ちに触れなければならなかったからでもある。

二〇〇三年、埼玉詩人会の理事に推されたとき清水さんも同時であった。理事会の後の打ち上げの度に少しずつ話を交わし、初めて読むことの出来た清水さんの詩は第二詩集『凡俗の歌』（二〇〇一年十一月刊）である。私の最初の感想はあまり芳しいものではなかった。自虐的なおもいが強く感じられ、言葉そのものも重く閉ざされた世界のように捉えてしまったからである。この感想を直接述べたとき、確かに納得のできない表情であった。その理由も今なら解るのだが、そのときには何故このような表現の仕方をしたのか皆目見当も付かずに過ぎてしまった。

その後も打ち上げの後の酒席での会話は続いていて、或るとき清水さん自身の口から「現代詩研究会」なるものを提言してきた。数人のグループで詩と詩作の道場をやろうというのである。教室ではなく同人会でもない。外に向けての作品発表もしない。純粋に自分たちの詩に磨きをかけようというのである。私は即座に賛同して二年ほど前にグループは発足した。この研究会によってようやく清水さんの概要の傍に私は一歩近づけた気がしたのである。

清水さんの少年時代はひ弱な体質で級友たちと一緒になって遊びまわる体力を持ち合わせていなかったというのだ。そのために一人静かに絵を描くことに浸りきって過ごしたという。絵は好きであったしそれだけに上手でもあり、ゆくゆくは絵描きになりたいという強い願望を秘めてもいたのであった。だが父を亡くし長男という立場もあってその夢を断ち切らざるを得ず、無念の思いを胸の奥に秘めて働きの途に立つことになるのである。しかし更には清水さんは病魔に侵されることになる。

このような若い時代の清水さんを念頭に置いておかないと前述の何故が説明できなくなるのだ。

清水さんの詩の独自性について私なりの解析を試みてみたい。初めに第一詩集『きしみ』の伊藤桂一氏の序文からその冒頭の一部を引いてみる。〈「作品の中に、詩―というより、絵といったほうがよいものがいくつかありますね。美術的効果があきらかに出ています。その点が実にユニークです」といったことがある。〉これはまさに至言で、序文はこう続く。〈その時清水氏は、「私はもともと美術家を志望してもいたのですが」と、いささかの含羞をふくめていわれた。〉このほかにも個々の作品に即しながら美術的効果に触れており、ここに独自性の一面を見ることができる。私はこの美術的効果を別の面から見直してみたい。まず美術的といいながらそれは油彩の濃厚さではなく、といって日本画のデテールでもない。むしろ墨絵の単純化された構図に緊張感を盛り込む手法と言っていいように思う。作品を見ると一連が二行から四行と短く、そして三連から四連の簡潔さである。それでいて選ばれる言葉は厳選された表意文字つまり究極の漢字ということになればもうそれ以外には考えられない。ところでこの詩集『きしみ』が改訂されたということはどういう意味を持つのか。清水さんは初版を読み返してみて充分表現しきれていないところがあり、そこのところをより充実させたい意図から改訂に踏み切った、と言っている。言葉ひとつを選定するにしても、第一詩集をより完璧なものに改訂しようとする意志にしても、その頑な強靭な姿勢には圧倒されるのである。

さてこの強靭な姿勢は何処から導かれてくるものなのか、当然先天的な個人の才能によるものと言ってしまえることではあろうが、それをより強固にしたのは幼少期からの生活環境のなかから培われてきた、厳しい現実を直視する意志とそれに抗う気力とが考えられる。このことはのちに美術家連盟の事務局に就職されたことで美術への飽くなき思いを達成されたことでも理解出来る。

このように見てくると清水さんの詩の独自性はとて

つもない世界に裏付けされたもので簡単に覆るようなものでないということは確かである。

いよいよ詩集の中身に入ることにする。この詩集『きしみ』は三部に構成されており、第一部には9篇、第二部には10篇、第三部が13篇の合わせて32篇からなっている。第一部の冒頭に表題詩「きしみ」が置かれていて序詩といってもいい清水詩の象徴となっている。一連三行目「暗い胸郭の内部の　肋骨のきしみ」この肋骨は清水さんの全生命であり、二連の「早逝」がこれを際立たせており、この心象が全作品に通底してくるのである。

二作目の「蟬声」は祈りの裏返し、つまり呪にも繫がる怖れであり、三作目「石塀」は隔絶された世界を予感させ、少年の絶対孤独をそこにみる。「鉄路の花」の染み込んだ血は少年のかすかな憧憬を捨てねばならなかった迸る叫びとなる。「荒天の海」は清水さんの心象を擬した叙景になり、「濃霧」は長靴の底に踏み固められた抗いの呻きととっていい。最後の「鮮魚」の生態に自身の姿を重ねて、現実の実態を凝視するひとつの覚悟を見せている。このように第一部は少年期から青年期に至るもっとも過酷の時代を孤独と絶望と怨念と抗いとのなかに生きた試練の実態を描ききっている。

第二部にはいると一部の過酷さがやや和らぐが、それは自己凝視のなかに僅かながらも距離が見えてきたためでもあろう。「店頭にて」では素朴な茶碗にユーモアのある表情で接しているところに救われる。しかし素焼きの時期がまだ重くのしかかっていることから離れられないのである。「春景」のなかに清婉な桜花は見られたが、「病床」では悔悟の闇に呑まれることになる。自分の身体は自分だけの世界だけではなかったという無惨さに対峙しながらも節穴のなかに光を探すのである。陽炎に「歓喜」の踊りを見つけると自立の確認ができたのか、詩の世界がひろがってくる。「深山にて」詰りを感じさせる紅葉のなかに白樺の幹を対比させて安堵に似た自信を求めている。第二部最後の「転落」には、現実を現実在りのままに見つめそれを受け止める、清水さんの原点である姿勢がある。

第三部に至ると清水さんの眼はしっかりと社会現実を見つめるようになる。文明批判とともに資本支配者に向かっての激しい抵抗と批判を真っ向から振りかざすのである。

この一部から三部までの経緯を丹念に追ってゆくと最後の「願望」には巻頭の「きしみ」とは対照的に清水さんの強い欲求の意志が立ち現れているように思われるのである。

＊

二〇〇七年、清水さんや私たちは埼玉詩人会の理事の任期を終えたが現代詩研究会は続いており、参加者が増えて土曜会の組も生まれ酒席の場は現在にも繋がっている。だがそれらとは別に清水さんからともなく誘い合って私と二人だけの〈詩と詩人談義〉の席が始まったのである。話題の世界には何の制約もなく、言いたい放題であったが、だいぶ続いた或る日、清水さんは自分の思い、いや意志を籠めた語調で「リアリズムをベースにしての新しい抒情詩を求めていきたい」と語ったのである。私は一瞬緊張してその言葉を脳裡に焼きつけ、そのためには発表場所の同人雑誌を起こすようにと、事あるごとに奨め始めたのである。この促しが効いたのかどうか、年譜にある二〇〇八年の回覧誌、そして二〇一〇年の同人詩誌「晨」の創刊を見ることになる。その頃出版された第三詩集『述懐』から二〇一二年の『ある呟き』、そして二〇一五年の『かぜが…』と作品の形に変化が見えてくる。『きしみ』に有る血走ったような短詩ではなく、むしろストーリー性を持った長めの詩で、私はこの形式を清水様式の新しい抒情詩と呼びたいのである。第五詩集『かぜが…』について私は短い書評を書いているが、そのなかで清水さんが「あとがき」に饒舌でイージーな緊張感の乏しい作品が多いと言っていることに対して、冗長で無駄な一行を挙げることができるか、緊張感とはどういうものであるかこれまで求め続けてきたのは伊達ではない、と断言している。私はそこに清水さんなりの新しい抒情性を見るのである。

ここまで駆け足で清水詩の全容を見てきたが敢えてそれを括るとすれば、命に対するひたむきな情愛を裏支えにした、自分自身への更には社会の現実に向かっての仮借のない批判に貫かれているということになるのであろう。

腹這い進む詩集
―清水榮一さんの詩世界管見―

北岡淳子

清水榮一という端正で控えめな雰囲気を醸す詩人に始めてお会いしたのはいつであったか記憶は定かではないが、日本美術家連盟で重要な仕事をされていた方であることを知って強く印象づけられた。というのも、仕事先の企画展で、埼玉県出身の画家「倉田白羊」を取り上げたことがあり、その展示作品や連絡先などを日本美術家連盟に問い合わせ、教示を仰いで、白羊の身内の方を訪問したことがあったからである。その後、埼玉詩人会を中心にお会いする機会が増えたが、もの静かで穏やかな印象はかわらず、気持ちのよい酒の楽しみ方をされていた。そしてその頃から、私は詩集や詩誌のご恵送に与かるという幸いを得られたのだった。

このささやかな小文を書かせて頂くご縁で、始めて清水さんの経歴にふれる機会を得た。清水さんは、埼玉県大宮市（現さいたま市）に生を受けたが、幼少時に病で父を亡くし、母と共に家族を支えることになったという。頑健な身体に恵まれていたとは言えなかった清水さんにとって、父の他界は重すぎる現実であった。

幾つかの仕事を経て勤務した、書店主催の文学サークルで詩を学び始め、やがて自らの詩に独自の方向性を求めるようになっていったという。幼い頃に画家を夢見たという清水さんにとって、知人の紹介で得た日本美術家連盟の事務局の仕事は、精魂を傾けるに相応しい仕事で、以後はその仕事に打ち込み、やがて事務局長の大任を任されて活躍された。しかし、幾度か大病に見舞われ、その都度、乗り越えて職務を果たしてきたこの仕事を、自らも有意義であったと振り返られている。

作家であり、詩人でもある伊藤桂一氏との幸運な出会いに恵まれたのも、美術家連盟の事務局長として、連盟の仕事を取り仕切っていた頃のことである。第一詩集の刊行にかかるあれこれを懇切な教示とともに、序文まで寄せて詩人としての歩みを祝われたのも、清水さんの内に、あつく真摯な姿勢を読み取られたからではないだろうか。純粋な芸術的希求を内に秘めて、積んできた多くの経験が、その喜怒哀楽のすべてが、清水さんにとっていかに豊かなものであったか想像してみるだけでも気持ちが明るむ。

作品に見る詩人の世界

清水さんの詩の言葉は、すっきりした輪郭を立ち上げる。言葉に輪郭を与えるのは、おそらく求めるものが明確で、対象に向ける眼差しが澄んでいるためだ。すると不思議に言葉は陰影を孕み、その言葉で描き出す詩空間が、読む人の記憶や経験に触る。そして触った言葉の刺激は、読むひとの内に詩の空間を立ち上げる、言い換えれば、追体験の内に招き入れるのだ。自らの経験として詩を受けとめるとき、私には他者の、という詩との距離を超えていることがある。きっとそれが追体験の醍醐味だ。その受け止め方が、詩人の表現したいと意図したものと同一であってもなくても、それは詩が確かに命を得ることだと私は思うのだ。

よく推敲されていて無駄がない詩語は、一本の線にこだわる画家や彫刻家のように、自らの表現すべきこと、表現へと突き動かすものを指標にして、もっとも適する言葉を選び、推敲を重ねる行為の結果なのだろう。たとえば詩集に収め、それが出版された後にも、幾たびでも再検討し修正を加えていく。つまり、詩は発表された時点に置いてきぼりにされることはなく、清水榮一という詩人の内面に引き戻され、関わり続けるのである。それは言葉に対して責任を負う、とも言えるだろうし、あるいは自らの内面とそれを表す言葉の、自然で妥協のない結びつきを追求する、とも言えるだろう。清水さんが創刊から長い間発行人として続けてきた詩誌「晨」のエッセイ「私の憧れ」(本書に所収)のなかで、リルケの『若き詩人への手紙』の一節「自らの内部へとお入りなさい。あなたに書けと命ずる根拠をお究めなさい」という言葉に感銘を受け、大切にともに歩んできた、という主旨が書かれているが、ひとつの詩語にもこだわり抜く清水さんの姿勢は次のことからも頷ける。

第一詩集『きしみ』が発行されてから約十年後に、清水さんはその改訂版を発行されている。そのときの送付書(謹呈文)には、「印刷完了後、なおしっくりしない表現があることに気がつきました。」と書かれていて、詩集所収の三篇の詩の訂正箇所と訂正詩句が書かれていた。

改訂版の詩集の更なる訂正文を受けとるのは始めてのこと、その深いこだわりの姿勢を振り返ると、それは己が感受したことに、既成の言葉が追いつかないのか、あるいは言葉そのものが信頼に耐えられないのか、書けと命ずるものの根拠を究めることへの執念なのか、いずれにしても精神力と気力を伴う、並々ならぬ行為である。

この詩集『きしみ』には、特に印象深い詩語がある。二十九篇の収録作品のほぼ半数に近い詩篇に用いられている「このよ」という言葉である。「このよ」と文字を目で追い、この言葉が広げるイメージを詩に重ねる。すると平仮名の「このよ」が「この世」あるいは「此の世」との微妙な違いを生じさせているのがわかる。そして表裏の関係と言うよりもむしろ支え合う関係にあるかのように「かのよ」、彼の世を連想させる。一般的に言えば、「このよ」は、今生きている世、現世であり、「かのよ」はあの世、死後の世界、あるいは来世などを表すのだが、清水さんが用いる「このよ」には、不思議に彼の世の微かな気配があるのだ。冒頭の詩「きしみ」は、胸部に棲みつく病によって、生と死の細い境界線を辿るような不安をかき立てられながら感受する肋骨のきしみなのである。

先に認めたとおり、清水さんは頑健な体質には恵まれず、幾たびか大きな病に見舞われて闘病生活を送らなければならなかった。おそらくは、隣り合わせているかのような身近いところに死を感じ、密かに独り対峙したであろう日々の経験が、このような感覚をもつ詩語を生むのではないかと推測される。

つとその頬の辺りを動かしただけで無造作に
このよを呑み込む階段がある　　（「駅の階段」一連）

駅の階段、そのありふれた日常の一端が、不意に異界の深淵を湛える不気味な下降洞にかわる。可視の見慣れた日常が、不可視の世界との危ういバランスの上にあること、「無造作にこのよを呑み込む」とは、実は「私」をこの世ではないところに否応なく攫っていくことであって、日常の縁に潜む深淵を覗いた日々の切実な思いを、実感として記した詩語は、清水さん特有の世界である。

また、清水さんの詩のなかには、別な表れ方をする詩があって、生来の優れた資質の一つとしても印象深い。

鮮魚

あるか無きかの　艶やかな容器のうえに

清徹な碧空の姿を　眼に映して
鮮魚は　死んでいた

——仄暗い　海水のなか
獰猛極まる
　奔流の壁を　破って

突然　思いも寄らぬ　このよの陥穽……
空しく口を開いた　大気のなかへ
転落して　きたかの如くに

新鮮な魚が容器に入れられて店頭に並ぶ様子は、日常のよく見る光景である。清水さんが見た魚の目はまだみずみずしく澄んでいて、蒼く透きとおる空を映している。その魚は「このよの陥穽」である大気の穴に、奔流から、たった今落ちてきたようだ、というのだが、澄んだ空を映し、まだ命の香を残す一尾の魚を「死んでいた」と即物的に表現しながらも、その美しく横たわる魚の「思いも寄らぬ」死に向ける眼差しは、いたわりと変わらぬ尊厳に満ちたひとつの命として悼む思いが滲んでいる。

詩篇「焼鳥」（『かぜが…』所収）では、酒のつまみに、と、スーパーで焼き鳥を買うのだが、焼かれたものは孵ったばかりの雛の雌雄選別により、はじかれた雛たちではないかと連想し、箸を止めてしまう。命への慈しみの思いは、清水さんの詩の所々に読み取れる。例えば、同じ詩集の詩「疥癬」は、カイと名付けた犬との「疥癬」を廻る詩である。このカイは元野良犬で、保健所に引き取られるとたぶん殺処分されるであろうと、自宅に連れ帰った犬である。異種間では感染しないとされる疥癬に罹り、医師の診察を受けるのだが、ユーモアを交えた詩の運びにもふくよかな命あるものへの温もりが込められている。他者の傷みを我がことのように感じる感性は、清水さんの生来の優しさに加えて、自らの様々な経験からも呼び起こされているのだろう。生きとし生けるものすべてが、一度だけの限りある命を燃やしてともにあるこの現在《いま》、その奇跡のような時間の輝きを静かに謳われる清水さんの仕事に、私は深く共感する。そのような清水さんを支えた夫人を謳った詩「悲しい視線」（『きしみ』所収）も味わい深く忘れ難い。

悲しい視線

ぼくが眼を閉じると
きみは透き通った瞳で
ぼくを見つめる

（あゝ　腑甲斐ない
ぼくの向こうのぼくを見ている
可愛しい瞳孔《ひとみ》）

が、ふと眼を開くと
仮借ない生活の重みに　一途な心をなくした
憐れなきみが坐っている
侮蔑を含んだ悲しい視線を
詰りの陰に隠して
きみは遠ざかる

闘病することは本人のみならず、家族の闘いでもあることを、清水さんは痛切に自覚していて、「仮借ない生活の重み」を負って自分を支える妻に詫びながら「遠ざかる」姿を心のなかで見送る。この地に着いた生活感溢れる詩は優しく切なく、肯んずる心に沁みわたる。「澄んだおのれを夢見て」詩を書き、年を重ねることも「新たな経験　混迷の海をわたる」こと、と捉え、なおも「一所懸命に腹這い進む」と呟く詩人、清水榮一さん。

その尽きない詩魂に心からの敬意を表し、なおも腹這い進まれる生き様と、詩魂の只管な歩みのあとを学びたく思う。

（参考）

ユニークな美術的効果

伊藤桂一

清水榮一氏の詩集の草稿を拝見した時、私は清水氏に、

「作品の中に、詩というより、絵といったほうがよいものがいくつかありますね。美術的効果があきらかに出ています。その点が実にユニークです」

と、いったことがある。その時清水氏は、「私はもともと美術家を志望してもいたのですが」

と、いささかの含羞をふくめていわれた。

清水氏は現在、美術家連盟の事務局長をつとめられて多忙である。私は清水氏とは、文芸美術健康保健組合の理事会の席で折り折りお目にかかり、いつしか清水氏が、若いころ詩作に熱中していられたことを知り、作品を一本にまとめられることをすすめた。清水氏自身も、詩への忘れがたい執着があり、旧作をまとめて、さらに再出発をしたい、という意向があり、それでこのたびの処女詩集の誕生ということになった。

冒頭の「きしみ」という短唱には清水氏の、詩への切実な思いが、青春の孤独の中での叫びとなっているような、象徴的な迫力をもっている。

清水氏の詩の、美術的効果について私が触れたのは、たとえば「蟬声」という作品である。この詩の

とある　仄暗いこのよの縁から
時に読経のように　降るのは蟬声

といった奥行の深い詩的効果とともに、

――見廻せば　無気味な洞穴と化した　松林のなか

一人戦く　笹の葉みたいにつっ立っていると

といった、具象的で色彩感のある部分が併用されていて、相乗効果を挙げている。つまり、絵画のモチーフを詩にしている面白さ。この手法によって、詩語は、手垢のつかない、微妙に新鮮な魅力をもってくる。詩語が絵具の役目をも帯びている気がする。

「早朝の工事場にて」という作品は、都市の風景を描く一篇の即興詩とみて読んでしまうとそれだけだが、美術家の眼や感覚によって読むと、立体感も色彩も一種の説得力をもち、あわせてその構図の奥から作者の詩的な思想がにじみ出てくる。まことにふしぎな効果である。もともとこの材料は、画家でないと拾い上げないものかもしれない。つまり作者は、一篇の作品の制作に、詩人として、同時に画家として、二重の操作を施しているようにみえる。たぶんそれは、たのしい作業ではないのだろうか。「石塀」も「鮮魚」も、あきらかに美術的効果による所産だと思う。一般に詩人の心掛けるイメージづくりとは、まるで違った清水氏の手法は、現代詩の世界に、一つの新しい命題を投げかけているように思える。

この詩集には、それぞれに趣のある作品が収められているが、詩人としての清水氏の発想が、もっともよく実った作品の一篇として、私は「雲雀」を挙げたい。むろん、この詩には、美術的効果も加わっているが、この詩の中の雲雀の声は、音楽的効果にもなっていて、作品の完成度を高めている。

清水氏は、別に、詩的効果、美術的効果を考えて、詩作されたわけではないだろう。そうした資性が、清水氏に恵まれていた、ということだろう。この詩集のあとは、年月の経過による、充分に成熟した詩精神をもって、さらに新しい詩境を拓かれるに違いない。私もまた、たのしい期待をもって、その成果をみまもりたいと思っている。

（詩集『きしみ』一九九六年「序文」）

現実凝視の複眼

伊藤桂一

清水榮一氏は、若いころには詩筆に親しんでいたが「日本美術家連盟」の仕事に就き、さらに事務局長の要職を任せられると、その繁忙は際限がなく、ただ業務熱心に、定年の日までを過ごした。しかし、清水氏の詩心はつねに覚めつづけていて、わずかな余暇に詩作に打ち込むことも忘れはしなかった。

しかし、このたび美術家連盟の重任仕事から解放されると、なによりも、若いころからの詩作への願望を遂げたい衝動に駆られる。このたび刊行される詩集『凡俗の歌』は、清水氏の長年月の生活体験から選んだ、未刊の新旧作をも含めた新詩集である。いわば、詩人としての新出発の記念出版ということになるのだろう。

私は清水氏とは「文芸美術国民健康保険組合」の理事仲間として長いつき合いがあり、以前清水氏のまとめられた小詩集にも一文を添えさせてもらったが、それには、清水氏には詩人としてまた画家としての双つの角度から物象を凝視するユニークな個性がある、とその作品への印象を述べたことがある。しかし、このたびの詩集『凡俗の歌』には、それに加えて、一凡俗の人間としての素朴ながら真率の一念を訴えてゆく、きわめて強烈なリアリティが、その詩に盛られている。この詩集は三部にわかれているが、もっとも重要な部分は、自身またはは社会との対決の情熱を示している第三部の諸篇にあると思う。

この詩集の第一部と第二部の諸篇は、短章ながら、犀利な感覚と筆致で、対決する事象を軽快に切りさばいてゆくが、第三部の諸篇には、体当たりで現実批判をする、一途な情熱の所産が多い。「裂鋒《さけめ》」「ある寡婦の復活」「土産」「兄弟喧嘩」など、家庭内の確執的風景や、貧窮の

現実などが、容赦なく描写されている。たとえば、「土産」の中の、

そして　飢え凌ぐ芋一つなく／高遠な天の恵みのような日射しのなかで／　母を待っていた　憐れな僕らは／なかば歓喜し　半ば戦く悲惨な目つきで／土産を見ていた／／長らく家をでていた　一人の少女／夢と虚妄にかどわかされた　僕らの異母姉《あね》が／突然持ってかえった　見慣れぬ食物……

といった表現に接すると、これは詩というよりも、私小説的な情景、そこから発する暗い迫力を覚える。もともと私小説というのは、小説制作上、もっともむつかしい技術を要請される。まやかしが利かないので作者の実力がはっきりわかってしまう。第三部のこれらの諸篇は、生活のどうしようもない哀切感が、しっかりと描き上げられ、油絵でいえば、絵具をどこまでも塗り込んだ完成度の高さを持っている。

なかでも、巻末の「リンチ」には、作者の格別の熱気がこめられている。少年時の学内での体験を叙したものだが、無気味なほど真率な描き方の底に、重要な問題提起が用意されている。この詩は行分けの散文詩だが、暗い軍国時代を背景に、劇的な人生模様を語って、その内容はきびしい説得力を持っている。

この詩では、戦時下の、防空壕掘りばかりさせられている、悲しくも切ない学校生活があり、満足な食事もできない。そんなある日、級友のひとりがいってはならないことを口走った。「独逸《ドイツ》が敗けた、日本も独逸みたいに……」と。この失言によって（実はもっとも正しい発言をしたのに）教師はじめ仲間からも、半死半生の目に遭わされてしまう。このリンチに僕も加わる。

——僕の心の中には
一瞬なんともいえない不思議な快感がはしり
（この快感が、もう一人の自分を意識した
　初めての経験だったかも知れない…）

これまで全く味わったことのない悍しい優越感が
頭を持ち上げていたのは事実である
そして、一人では到底できないことを
集団の陰にかくれて行っていることからくる後ろ
めたさについても
〝こ奴を叩くことによって、日本は負けないで済む
……〟
という勝手な論理で、打ち消していたことも事実で
ある

右の詩句には、ずっと先の社会現象まで、暗示している気味がある。弱者が弱者をいじめるみじめな責任転嫁。この詩は、終戦前の風景を描いているのだが、いま読むと、いまの時点で、なにやら民族的な原罪感を、問いただされているようにも思える。詩の力ということであろう。

敗戦後、仲間から袋叩きにされた少年は、だぶだぶのＧＩの作業服を着て登校してくるが、何もいわない。この少年にリンチの煽動をした教師は、旧敵国語を教えはじめている。リンチは、実に、敗者が敗者をリンチしつづける皮肉で惨憺たる現実を、この詩人は、しっかりと剔抉している。

これ以上は、もう、いう必要はない。

清水榮一氏の、鋭い感性がひらいてゆくこれからの仕事に、私たちは一種格別の期待をもってみまもりたいのである。

（詩集『凡俗の歌』二〇〇一年「跋」）

清水榮一年譜

一九三二年（昭和七年）　当歳

十月七日、埼玉県さいたま市（旧・大宮市）で、父七郎（鉄道員）、母とのの長男として誕生。

一九三九年（昭和十四年）　七歳

四月、大宮北尋常小学校入学。

一九四一年（昭和十六年）　九歳

十二月、太平洋戦争勃発。学校での軍国主義教育強まる。

一九四三年（昭和十八年）頃。　十一歳

父に絵描きに成りたいと告げるが、返答なし。

一九四四年（昭和十九年）　十二歳

四月、大宮北尋常高等小学校へ進学。

九月、父七郎胃潰瘍にて死去、享年四十二歳（後に、母、異母姉二人、自分と弟二人、妹一人が遺される）。

一九四五年（昭和二十年）　十三歳

八月、敗戦。その後、異母姉相次いで家を離れる。家計を助けるため前記高等小学校を中退。近所の人の口利きで、株式会社大林組大宮出張所に就職。

一九四七年（昭和二十二年）　十五歳

四月、前記大林組東京支社入社。

一九五一年（昭和二十六年）　十九歳

日本大学附属工業高等学校建築科へ入学。

一九五二年（昭和二十七年）　二十歳

五月、血のメーデー（明日をも知れぬ混乱期に、建築士の資格取得を目指す事の空しさを意識）。

一九五三年（昭和二十八年）　二十一歳

三月、前記工業高等学校中退。

四月、前記大林組東京支社退社。東京都荏原職業安定補導所で自動車整備技術の講習を受ける。同年十月修了。

十一月、大宮市内の中村鍍金製作所入所。

一九五四年（昭和二十九年）　二十二歳

十二月、前記中村鍍金製作所を退職。

一九五五年（昭和三十年）　二十三歳
　三月、旧・浦和市内の書店、みなみ書房に就職。書房主催の文学サークルで詩の勉強を始める。これを契機に、自分独自の詩の方向性を模索する事となる。

一九五六年（昭和三十一年）　二十四歳
　十月、前記書房閉店のため退職。謄写版印刷の筆耕等で生計をたてる。

一九五七年（昭和三十二年）　二十五歳
　七月、知人の紹介で、社団法人日本美術家連盟事務局に入所。

一九五八年（昭和三十三年）　二十六歳
　十一月、内田満智子と結婚（二男、一女を儲ける）。

一九六九年（昭和四十四年）　三十七歳
　肺結核で約一年間入院。

一九八一年（昭和五十六年）　四十九歳
　自宅新築。現住所に移転。

一九八八年（昭和六十三年）　五十六歳
　甲状腺腫（左）剔出手術。
　四月、社団法人日本美術家連盟（総務主任、経理主任、次長を経て）事務局長に就任。

一九九三年（平成五年）　六十一歳
　四月、母との老衰で死去、享年九十歳。
　直腸癌剔出手術。

一九九六年（平成八年）　六十四歳
　九月、文芸美術健康保険組合の会合で知り合った詩人・作家伊藤桂一先生のお世話で、第一詩集『きしみ』（本多企画）刊行。これを契機に、順次詩の世界に足を踏み入れて行く事となる。

二〇〇〇年（平成十二年）　六十八歳
　九月、社団法人日本美術家連盟定年退職。長年、美術の世界で美術家の生活や制作活動に触れて来た事の意味は大きい。

二〇〇一年（平成十三年）　六十九歳
　十一月、第二詩集『凡俗の歌』（本多企画）刊行。

二〇〇四年（平成十六年）　七十二歳
　十二月、詩友高橋次夫氏と、参加者の詩的傾向を尊重するため、特定の指導者を置かない事を理念として、現代詩研究会〈埼玉〉を発足（毎月一回開催）。

二〇〇八年（平成二十年）　七十六歳

研究会に参加できない人を対象に、試験的に回覧詩誌「晨」を発刊（二回で廃刊）。

二〇〇九年（平成二十一年）　七十七歳

十二月、第三詩集『述懐』（本多企画）刊行。

二〇一〇年（平成二十二年）　七十八歳

六月、前記高橋次夫氏と一緒に、詩人秋谷豊氏の死去に伴い終刊となった詩誌「地球」のメンバー数名を交えて、詩誌「晨」を創刊、代表を務める（年二回刊）。

二〇一二年（平成二十四年）　八十歳

十二月、第四詩集『ある呟き』（本多企画）刊行。

二〇一五年（平成二十七年）　八十三歳

十二月、第五詩集『かぜが…』（本多企画）刊行。

二〇一七年（平成二十九年）　八十五歳

十月、叢書現代の抒情、選詩集『虚空のうた』（土曜美術社出版販売）刊行。

十二月、高齢のため、詩誌「晨」第一六号の刊行を以って代表を辞任、現在に至る。

（所属）

大宮詩人会、埼玉詩人会、日本現代詩人会、公益社団法人日本文藝家協会等会員

詩誌「晨」同人、現代詩研究会〈埼玉〉会員

現住所　〒336―0033

埼玉県さいたま市南区曲本一―九―三

新・日本現代詩文庫144 清水榮一《しみずえいいち》詩集

発行 二〇一九年五月三十日 初版

著者 清水榮一
装丁 森本良成
発行者 高木祐子
発行所 土曜美術社出版販売
〒162-0813 東京都新宿区東五軒町三―一〇
電話 〇三―五二二九―〇七三〇
FAX 〇三―五二二九―〇七三二
振替 〇〇一六〇―九―七五六九〇九
印刷・製本 モリモト印刷

ISBN978-4-8120-2509-3 C0192

新・日本現代詩文庫

土曜美術社出版販売

⑭ 小林登茂子詩集　解説　高橋次夫・中村不二夫
⑭ 万里小路譲詩集　解説　近江正人・青木由弥子
⑭ 稲木信夫詩集　解説　広部英一・岡崎純
⑭ 清水榮一詩集　解説　高橋次夫・北岡淳子

〈以下続刊〉

細野豊詩集　解説　北岡淳子・下川敬明・アンバル・パスト
川中子義勝詩集　解説　中村不二夫
山岸哲夫詩集　解説　〈未定〉

① 中原道夫詩集
② 坂本明子詩集
③ 高橋英司詩集
④ 前原正治詩集
⑤ 三田洋詩集
⑥ 本多寿詩集
⑦ 小島禄琅詩集
⑧ 新編菊田守詩集
⑨ 出海溪也詩集
⑩ 柴崎聰詩集
⑪ 相馬大詩集
⑫ 桜井哲夫詩集
⑬ 新編島田陽子詩集
⑭ 新編真壁仁詩集
⑮ 南邦和詩集
⑯ 星雅彦詩集
⑰ 井之川巨詩集
⑱ 新々木島始詩集
⑲ 小川アンナ詩集
⑳ 新編井口克己詩集
㉑ 新編滝口雅子詩集
㉒ 谷　敬詩集
㉓ 福井久子詩集
㉔ 森ちふく詩集
㉕ しま・ようこ詩集
㉖ 腰原哲朗詩集
㉗ 金光洋一郎詩集
㉘ 松田幸雄詩集
㉙ 谷口謙詩集
㉚ 和田文雄詩集
㉛ 新編高田敏子詩集
㉜ 皆木信昭詩集
㉝ 千葉龍詩集
㉞ 新編佐久間隆史詩集
㉟ 長津功三良詩集
㊱ 鈴木亨詩集
㊲ 埋田昇二詩集
㊳ 川村慶子詩集
㊴ 新編大井康暢詩集
㊵ 米田栄作詩集
㊶ 池田瑛子詩集
㊷ 遠藤恒吉詩集
㊸ 五喜田正巳詩集
㊹ 森常治詩集
㊺ 和田英子詩集
㊻ 伊勢田史郎詩集
㊼ 鈴木満詩集
㊽ 曽根ヨシ詩集
㊾ 成田敦詩集
㊿ ワシオ・トシヒコ詩集
(51) 高田太郎詩集
(52) 大塚欽一詩集
(53) 香川紘子詩集
(54) 井元霧彦詩集
(55) 高橋次夫詩集
(56) 上手宰詩集
(57) 網谷厚子詩集
(58) 門田照子詩集
(59) 水野ひかる詩集
(60) 丸本明子詩集
(61) 村永美和子詩集
(62) 藤坂信子詩集
(63) 門林岩雄詩集
(64) 新編原民喜詩集
(65) 新編濱口國雄詩集
(66) 日塔聰詩集
(67) 武田弘子詩集
(68) 大石規子詩集
(69) 吉川仁詩集
(70) 尾世川正明詩集
(71) 岡隆夫詩集
(72) 野仲美弥子詩集
(73) 葛西洌詩集
(74) 只松千恵子詩集
(75) 鈴木哲雄詩集
(76) 桜井さざえ詩集
(77) 森野満之詩集
(78) 坂本つや子詩集
(79) 川原よしひさ詩集
(80) 前田新詩集
(81) 石黒忠詩集
(82) 壺阪輝代詩集
(83) 若山紀子詩集
(84) 香山雅代詩集
(85) 古田豊治詩集
(86) 福原恒雄詩集
(87) 黛元男詩集
(88) 山下静男詩集
(89) 赤松徳治詩集
(90) 梶原禮之詩集
(91) 前川幸雄詩集
(92) なべくらますみ詩集
(93) 津金充詩集
(94) 中村泰三詩集
(95) 和田攻詩集
(96) 藤井雅人詩集
(97) 馬場晴世詩集
(98) 鈴木孝詩集
(99) 久宗睦子詩集
(100) 水野るり子詩集
(101) 岡三沙子詩集
(102) 星野元一詩集
(103) 清水茂詩集
(104) 山本美代子詩集
(105) 武西良和詩集
(106) 竹川弘太郎詩集
(107) 酒井力詩集
(108) 一色真理詩集
(109) 郷原宏詩集
(110) 永井ますみ詩集
(111) 阿部堅磐詩集
(112) 新編石原武詩集
(113) 長島三芳詩集
(114) 柏木恵美子詩集
(115) 近江正人詩集
(116) 名古きよえ詩集
(117) 新編石川逸子詩集
(118) 佐藤真里子詩集
(119) 河井洋詩集
(120) 戸井みちお詩集
(121) 金堀則夫詩集
(122) 三好豊一郎詩集
(123) 古屋久昭詩集
(124) 佐藤正子詩集
(125) 川端進詩集
(126) 桜井滋人詩集
(127) 葵生川玲詩集
(128) 今泉協子詩集
(129) 柳内やすこ詩集
(130) 新編甲田四郎詩集
(131) 大貫喜也詩集
(132) 今井文世詩集
(133) 中山直子詩集
(134) 林嗣夫詩集
(135) 柳生じゅん子詩集
(136) 原圭治詩集
(137) 森田進詩集
(138) 水崎野里子詩集
(139) 比留間美代子詩集
(140) 内藤喜美子詩集

◆定価（本体1400円+税）